CLASSIQUES JAUNES
725
Série *Littératures francophones*

La Jalousie du Barbouillé, Le Médecin volant, L'Étourdi

Molière

La Jalousie
du Barbouillé,
Le Médecin volant,
L'Étourdi

Édition critique par Charles Mazouer

PARIS
CLASSIQUES GARNIER
2022

Charles Mazouer, professeur émérite à l'université de Bordeaux Montaigne, est spécialiste de l'ancien théâtre français. Outre l'édition de textes de théâtre des XVIe et XVIIe siècles, il a notamment publié *Molière et ses comédies-ballets*, les trois tomes du *Théâtre français de l'âge classique*, ainsi que *Théâtre et christianisme. Études sur l'ancien théâtre français*.

Illustration de couverture © L'Étourdi – Lélie, Molière, par Edmond Geffroy théâtre-documentation.com

© 2022. Classiques Garnier, Paris.
Reproduction et traduction, même partielles, interdites.
Tous droits réservés pour tous les pays.

ISBN 978-2-406-12433-7 (livre broché)
ISSN 2417-6400

ABRÉVIATIONS USUELLES

Acad.	*Dictionnaire de l'Académie (1694)*
C.A.I.E.F.	*Cahiers de l'Association Internationale des Études Françaises*
FUR.	*Dictionnaire universel* de Furetière (1690)
I. L.	*L'Information littéraire*
P.F.S.C.L.	*Papers on French Seventeenth-Century Literature*
R.H.L.F.	*Revue d'Histoire Littéraire de la France*
R.H.T.	*Revue d'Histoire du Théâtre*
RIC.	*Dictionnaire français* de Richelet (1680)
S.T.F.M.	Société des Textes Français Modernes
T.L.F.	Textes Littéraires Français

ABRÉVIATIONS USUELLES

AU LECTEUR

L'ÉTABLISSEMENT DES TEXTES

Il ne reste aucun manuscrit de Molière.

Si l'on s'en tient au XVIIe siècle[1], comme il convient – Molière est mort en 1673 et la seule édition posthume qui puisse présenter un intérêt particulier est celle des *Œuvres* de 1682 –, il faut distinguer cette édition posthume des éditions originales séparées ou collectives des comédies de Molière.

Sauf cas très spéciaux, comme celui du *Dom Juan* et du *Malade imaginaire*, Molière a pris généralement des privilèges pour l'impression de ses comédies et s'est évidemment soucié de son texte, d'autant plus qu'il fut en butte aux mauvais procédés de pirates de l'édition qui tentèrent de faire paraître le texte des comédies avant lui et sans son aveu. C'est donc le texte de ces éditions originales qui fait autorité, Molière ne s'étant soucié ensuite ni des réimpressions des pièces séparées, ni des recueils factices constitués de pièces

---

1 Le manuel de base : Albert-Jean Guibert, *Bibliographie des œuvres de Molière publiées au XVIIe siècle*, 2 vols. en 1961 et deux *Suppléments* en 1965 et 1973 ; le CNRS a réimprimé le tout en 1977. Mais les travaux continuent sur les éditions, comme ceux d'Alain Riffaud, qui seront cités en leur lieu. Voir, parfaitement à jour, la notice du t. I de l'édition dirigée par Georges Forestier avec Claude Bourqui des *Œuvres complètes* de Molière, 2010, p. cxi-cxxv, qui entre dans les détails voulus.

déjà imprimées. Ayant refusé d'endosser la paternité des *Œuvres de M. Molière* parues en deux volumes en 1666, dont il estime que les libraires avaient obtenu le privilège par surprise, Molière avait l'intention, ou aurait eu l'intention de publier une édition complète revue et corrigée de son théâtre, pour laquelle il prit un privilège ; mais il ne réalisa pas ce travail et l'édition parue en 1674 (en six volumes ; un septième en 1675), qu'il n'a pu revoir et qui reprend des états anciens, n'a pas davantage de valeur.

En revanche, l'édition collective de 1682 présente davantage d'intérêt – même si, pas plus que l'édition de 1674, elle ne représente un travail et une volonté de Molière lui-même sur son texte[2]. On sait, indirectement, qu'elle a été préparée par le fidèle comédien de sa troupe La Grange, et un ami de Molière, Jean Vivot. Si, pour les pièces déjà publiées par Molière, le texte de 1682 ne montre guère de différences, cette édition nous fait déjà connaître le texte des sept pièces que Molière n'avait pas publiées de son vivant (*Dom Garcie de Navarre, L'Impromptu de Versailles, Dom Juan, Mélicerte, Les Amants magnifiques, La Comtesse d'Escarbagnas, Le Malade imaginaire*). Ces pièces, sauf exception, seraient autrement perdues. En outre, les huit volumes de cette édition entourent de guillemets les vers ou passages omis, nous dit-on, à la représentation, et proposent un certain nombre de didascalies censées représenter la tradition de jeu de la troupe de Molière. Quand on compare les deux états du texte, pour les pièces déjà publiées du vivant de Molière, on s'aperçoit que 1682 corrige (comme le prétend la Préface)... ou ajoute

---

2   Voir Edric Caldicott, « Les stemmas et le privilège de l'édition des *Œuvres complètes* de Molière (1682) », [in] *Le Parnasse au théâtre...*, 2007, p. 277-295, qui montre que Molière n'a jamais entrepris ni contrôlé une édition complète de son œuvre, ni pour 1674 ni pour 1682.

des fautes et propose des variantes (ponctuation, graphie, style, texte) passablement discutables. Bref, cette édition de 1682, malgré un certain intérêt, n'autorise pas un texte sur lequel on doute fort que Molière ait pu intervenir avant sa mort.

Voici la description de cette édition :

– Pour les tomes I à VI : LES / ŒUVRES / DE / MONSIEUR / DE MOLIERE. Reveuës, corrigées & augmentées. / *Enrichies de Figures en Taille-douce.* / A PARIS, / Chez DENYS THIERRY, ruë saint Jacques, à / l'enseigne de la Ville de Paris. / CLAUDE BARBIN, au Palais, sur le second / Perron de la sainte Chapelle. / ET / Chez PIERRE TRABOUILLET, au Palais, dans la / Gallerie des Prisonniers, à l'image S. Hubert ; & à la / Fortune, proche le Greffe des Eaux & Forests. / M. DC. LXXXII. / *AVEC PRIVILEGE DV ROY.*
– Pour les tomes VII et VIII, seul le titre diffère : LES / ŒUVRES / POSTHUMES / DE / MONSIEUR / DE MOLIERE. / Imprimées pour la première fois en 1682.

Je signale pour finir l'édition en 6 volumes des *Œuvres de Molière* (Paris, Pierre Prault pour la Compagnie des Libraires, 1734), qui se permet de distribuer les scènes autrement et même de modifier le texte, mais propose des jeux de scène plus précis dans ses didascalies ajoutées.

La conclusion s'impose et s'est imposée à toute la communauté des éditeurs de Molière. Quand Molière a pu éditer ses œuvres, il faut suivre le texte des éditions originales. Mais force est de suivre le texte de 1682 quand il est en fait le seul à nous faire connaître le texte des œuvres non éditées par Molière de son vivant. *Dom Juan* et *Le Malade imaginaire* posent des problèmes particuliers qui seront examinés en temps voulu.

Au texte des éditions originales, ou pourra adjoindre quelques didascalies ou quelques indications intéressantes de 1682, voire, exceptionnellement, de 1734, à titre de variantes – en n'oubliant jamais que l'auteur n'en est certainement pas Molière.

Selon les principes de la collection, la graphie sera modernisée. En particulier en ce qui concerne l'usage ancien de la majuscule pour les noms communs. La fréquentation assidue des éditions du XVIIe siècle montre vite que l'emploi de la majuscule ne répond à aucune rationalité, dans un même texte, ni à aucune intention de l'auteur. La fantaisie des ateliers typographiques, que les écrivains ne contrôlaient guère, ne peut faire loi.

La ponctuation des textes anciens, en particulier des textes de théâtre, est toujours l'objet de querelles et de polémiques. Personne ne peut contester ce fait : la ponctuation ancienne, avec sa codification particulière qui n'est plus tout à fait la nôtre, guidait le souffle et le rythme d'une lecture orale, alors que notre ponctuation moderne organise et découpe dans le discours écrit des ensembles logiques et syntaxiques. On imagine aussitôt l'intérêt de respecter la ponctuation ancienne pour les textes de théâtre – comme si, en suivant la ponctuation d'une édition originale de Molière[3], on pouvait en quelque sorte restituer la diction qu'il désirait pour son théâtre !

---

3   À cet égard, Michael Hawcroft (« La ponctuation de Molière : mise au point », *Le Nouveau Moliériste*, n° IV-V, 1998-1999, p. 345-374) tient pour les originales, alors que Gabriel Conesa (« Remarques sur la ponctuation de l'édition de 1682 », *Le Nouveau Moliériste*, n° III, 1996-1997, p. 73-86) signale l'intérêt de 1682.

Il suffirait donc de transcrire la ponctuation originale. Las ! D'abord, certains signes de ponctuation, identiques dans leur forme, ont changé de signification depuis le XVIIᵉ siècle : trouble fâcheux pour le lecteur contemporain. Surtout, comme l'a amplement démontré, avec science et sagesse, Alain Riffaud[4], là non plus on ne trouve pas de cohérence entre les pratiques des différents ateliers, que les dramaturges ne contrôlaient pas – si tant est que, dans leurs manuscrits, ils se soient souciés d'une ponctuation précise ! La ponctuation divergente de différents états d'une même œuvre de théâtre le prouve. On me pardonnera donc de ne pas partager le fétichisme à la mode pour la ponctuation originale.

J'aboutis donc au compromis suivant : respect autant que possible de la ponctuation originale, qui sera toutefois modernisée quand les signes ont changé de sens ou quand cette ponctuation rend difficilement compréhensible tel ou tel passage.

PRÉSENTATION
ET ANNOTATION DES COMÉDIES

Comme l'écrivait très justement Georges Couton dans l'Avant-propos de son édition de Molière[5], tout commentaire d'une œuvre est toujours un peu un travail collectif, qui tient compte déjà des éditions antécédentes – et les éditions de Molière, souvent excellentes, ne manquent pas, à commencer par celle de Despois-Mesnard[6], fondamentale et remarquable,

---

4   *La Ponctuation du théâtre imprimé au XVIIᵉ siècle*, Genève, Droz, 2007.
5   *Œuvres complètes*, t. I, 1971, p. xi-xii.
6   *Œuvres complètes* de Molière, pour les « Grands écrivains de la France », 13 volumes de 1873 à 1900.

et dont on continue de se servir... sans toujours le dire. À partir d'elles, on complète, on rectifie, on abandonne dans son annotation, car on reste toujours tributaire des précédentes annotations. On doit tenir compte aussi de son lectorat. Une longue carrière dans l'enseignement supérieur m'a appris que mes lecteurs habituels – nos étudiants (et nos jeunes chercheurs) sont de bons représentants de ce public d'honnêtes gens qui auront le désir de lire les classiques – ont besoin de davantage d'explications et d'éléments sur les textes anciens, qui ne sont plus maîtrisés dans l'enseignement secondaire. Le texte de Molière sera donc copieusement annoté[7].

Mille fois plus que l'annotation, la présentation de chaque pièce engage une interprétation des textes. Je n'y propose pas une herméneutique complète et définitive, et je n'ai pas de thèse à imposer à des textes si riches et si polyphoniques, dont, dans sa seule vie, un chercheur reprend inlassablement (et avec autant de bonheur !) le déchiffrement. Les indications et suggestions proposées au lecteur sont le fruit d'une méditation personnelle, mais toujours nourrie des recherches d'autrui qui, approuvées ou discutées, sont évidemment mentionnées.

En sus de l'apparat critique, le lecteur trouvera, en annexes ou en appendice, divers documents ou instruments

---

7   Il va sans dire que les instruments lexicographiques anciens (*Dictionnaires* de Richelet (1680), de Furetière (1690) et de l'Académie (1694) ; *Dictionnaire comique, satyrique, critique, burlesque, libre et proverbial* de Le Roux (1718)), et modernes (le grand « Littré » (1877) ; les trois volumes du *Lexique de la langue de Molière comparée à celle des écrivains de son temps* de Ch.-L. Livet (1895-1897) ; l'incomparable outil de travail que représente le *Dictionnaire du français classique*, par Jean Dubois, René Lagane et Alain Lerond (constamment repris depuis 1988, et encore en 2001)) sont abondamment utilisés. Deux grammaires répondent aux questions de langue : Gabriel Spillebout, *Grammaire de la langue française du XVIIe siècle*, Paris, Picard, 1985 ; et, dans une perspective plus moderniste, Nathalie Fournier, *Grammaire du français classique*, Paris, Belin, 1998.

(comme une chronologie) qui lui permettront de mieux contextualiser et de mieux comprendre les comédies de Molière.

Mais, malgré tous les efforts de l'éditeur scientifique, chaque lecteur de goût sera renvoyé à son déchiffrement, à sa rencontre personnelle avec le texte de Molière !

Nota bene :

1. Les grandes éditions complètes modernes de Molière, que tout éditeur est amené à consulter, sont les suivantes :

MOLIÈRE (Jean-Baptiste Poquelin, dit), *Œuvres*, éd. Eugène Despois et Paul Mesnard, Paris, Hachette et Cie, 13 volumes de 1873 à 1900 (Les Grands Écrivains de la France).

MOLIÈRE (Jean-Baptiste Poquelin, dit), *Œuvres complètes*, éd. Georges Couton, Paris, Gallimard, 1971, 2 vol. (La Pléiade).

MOLIÈRE (Jean-Baptiste Poquelin, dit), *Œuvres complètes*, édition dirigée par Georges Forestier avec Claude Bourqui, Paris, Gallimard, 2010, 2 vol. (La Pléiade).

2. Signalons quelques études générales, classiques ou récentes, utiles pour la connaissance de Molière et pour la compréhension de son théâtre – étant entendu que chaque comédie sera dotée de sa bibliographie particulière :

BRAY, René, *Molière homme de théâtre*, Paris, Mercure de France, 1954.

CONESA, Gabriel, *Le Dialogue moliéresque. Étude stylistique et dramaturgique*, Paris, PUF, s.d. [1983] ; rééd. Paris, SEDES, 1992.

DANDREY, Patrick, *Molière ou l'esthétique du ridicule*, Paris, Klincksieck, 1992 ; seconde édition revue, corrigée et augmentée, en 2002.

DEFAUX, Gérard, *Molière ou les métamorphoses du comique : de la comédie morale au triomphe de la folie*, 2ᵉ éd., Paris, Klincksieck, 1992 (Bibliothèque d'Histoire du Théâtre) (1980).

DUCHÊNE, Roger, *Molière*, Paris, Fayard, 1998.

FORESTIER, Georges, *Molière*, Paris, Gallimard, 2018.

GUARDIA, Jean de, *Poétique de Molière. Comédie et répétition*, Genève, Droz, 2007 (Histoire des idées et critique littéraire, 431).

JURGENS, Madeleine et MAXFIELD-MILLER, Elisabeth, *Cent ans de recherches sur Molière, sur sa famille et sur les comédiens de sa troupe*, Paris, Imprimerie nationale, 1963. – Complément pour les années 1963-1973 dans *R.H.T.*, 1972-4, p. 331-440.

MCKENNA, Anthony, *Molière, dramaturge libertin*, Paris, Champion, 2005 (Essais).

MONGRÉDIEN, Georges, *Recueil des textes et des documents du XVIIᵉ siècle relatifs à Molière*, Paris, CNRS, 1965, 2 volumes.

PINEAU, Joseph, *Le Théâtre de Molière. Une dynamique de la liberté*, Paris-Caen, Les Lettres Modernes-Minard, 2000 (Situation, 54).

Sites en ligne

Tout Molière.net donne déjà une édition complète de Molière.

Molière 21, conçu comme complément à l'édition 2010 des *Œuvres complètes* dans la Pléiade, donne une base de données intertextuelles considérable et offre un outil de visualisation des variantes textuelles.

PRÉFACE DE L'ÉDITION DE 1682

Cette Préface ouvre le premier volume de l'édition des Œuvres *de Monsieur de Molière de 1682, dont une note du « Recueil de Tralage » précise que le comédien La Grange et Jean Vivot, ami de Molière, prirent soin. On discute encore pour savoir quelle foi il est possible d'accorder à ce texte, assurément respectueux des codes rhétoriques habituels aux vies de personnages célèbres. Jean Mesnard, qui s'est intéressé à Jean Vivot[1], pense que certains récits de la Préface, précis, sont attribuables à Vivot, proche de Molière, et présentent une valeur documentaire; et l'on sait que le fidèle La Grange entra dans la troupe de Molière en 1659 et en suivit de près le destin jusqu'à la mort du grand comique. À l'inverse, Georges Forestier[2] estime que la Préface est une reconstruction mythique, toute à la louange de Molière et de sa troupe. Comme, dans un certain nombre de cas, cette Préface n'est pas confortée par des documents extérieurs indiscutables, il faut rester prudent dans son utilisation.*

---

1 « Jean Vivot (1613-1690) ami, éditeur et biographe de Molière », p. 159-176 de *L'Art du théâtre. Mélanges [...] Robert Garapon*, Paris, PUF, 1992.

2 « La fabrication des mythes en histoire littéraire. Le cas de La Grange, de son "Registre" et de nos connaissances sur Molière », p. 241-251 de *Gueux, frondeurs, libertins, utopiens [...]. Mélanges [...] Pierre Ronzeaud*, Aix-en-Provence, Presses universitaires de Provence, 2013.

Voici une nouvelle édition des *Œuvres* de feu M. de Molière, augmentée de sept comédies[3], et plus correcte que les précédentes, dans lesquelles la négligence des imprimeurs avait laissé quantité de fautes considérables, jusqu'à omettre ou changer des vers en beaucoup d'endroits ; on les trouvera rétablis dans celle-ci. Et ce n'est pas un petit service rendu au public par ceux qui ont pris ce soin, puisque les nombreuses assemblées qu'on voit encore tous les jours aux représentations des comédies de ce fameux auteur font assez connaître le plaisir qu'on se fera de les avoir dans leur pureté. On peut dire que jamais homme n'a mieux su que lui remplir le précepte qui veut que la comédie instruise en divertissant. Lorsqu'il a raillé les hommes sur leurs défauts, il leur a appris à s'en corriger, et nous verrions peut-être encore aujourd'hui régner les mêmes sottises qu'il a condamnées, si les portraits qu'il a faits d'après nature n'avaient été autant de miroirs dans lesquels ceux qu'il a joués se sont reconnus. Sa raillerie était délicate, et il la tournait d'une manière si fine que, quelque satire qu'il fît, les intéressés, bien loin de s'en offenser, riaient eux-mêmes du ridicule qu'il leur faisait remarquer en eux.

Son nom fut Jean-Baptiste Poquelin ; il était Parisien, fils d'un valet de chambre tapissier du Roi, et avait été reçu dès son bas âge en survivance de cette charge, qu'il a depuis exercée dans son quartier[4] jusques à sa mort. Il fit ses humanités au collège de Clermont ; et comme il eut l'avantage de suivre feu Monsieur le Prince de Conti dans toutes ses classes[5], la vivacité d'esprit qui le distinguait de

---

3   *Dom Garcie de Navarre, L'Impromptu de Versailles, Dom Juan, Mélicerte, Les Amants magnifiques, La Comtesse d'Escarbagnas* et *Le Malade imaginaire*.

4   On exerçait une charge *en quartier* ou *de quartier*, c'est-à-dire à son tour, pendant un trimestre.

5   Difficile, car Molière était plus âgé que le prince de près de huit années. Jean Mesnard imagine que Molière aurait pu jouer le rôle d'une sorte de moniteur auprès du prince…

tous les autres lui fit acquérir l'estime et les bonnes grâces de ce prince, qui l'a toujours honoré de sa bienveillance et de sa protection[6]. Le succès de ses études fut tel qu'on pouvait l'attendre d'un génie[7] aussi heureux que le sien. S'il fut fort bon humaniste, il devint encore plus grand philosophe[8]. L'inclinaison qu'il avait pour la poésie le fit s'appliquer à lire les poètes avec un soin tout particulier. Il les possédait parfaitement, et surtout Térence ; il l'avait choisi comme le plus excellent modèle qu'il eût à se proposer, et jamais personne ne l'imita si bien qu'il a fait. Ceux qui conçoivent toutes les beautés de son *Avare* et de son *Amphitryon* soutiennent qu'il a surpassé Plaute dans l'un et dans l'autre. Au sortir des écoles de droit, il choisit la profession de comédien, par l'invincible penchant qu'il se sentait pour la comédie[9]. Toute son étude et son application ne furent que pour le théâtre. On sait de quelle manière il y a excellé, non seulement comme acteur, par des talents extraordinaires, mais comme auteur, par le grand nombre d'ouvrages qu'il nous a laissés, et qui ont tous leurs beautés proportionnées aux sujets qu'il a choisis.

Il tâcha dans ses premières années de s'établir à Paris avec plusieurs enfants de famille qui, par son exemple, s'engagèrent comme lui dans le parti de la comédie sous le titre de l'*Illustre théâtre* ; mais ce dessein ayant manqué de succès (ce qui arrive à beaucoup de nouveautés), il fut obligé de courir par les provinces du royaume, où il commença de s'acquérir une fort grande réputation.

---

6   Sauf quand, après sa conversion, Conti a retiré sa protection à la troupe de Molière, ce qui renforce le doute d'une amitié entre lui et Molière.

7   *Génie* : aptitudes, talent naturel.

8   Comprendre certainement que Molière fit de solides études d'humaniste, en particulier dans les dernières classes du cycle secondaire des jésuites, les classes de rhétorique et de philosophie.

9   *La comédie*, c'est déjà le théâtre, en général.

Il vint à Lyon en 1653, et ce fut là qu'il exposa au public sa première comédie[10] ; c'est celle de *L'Étourdi*. S'étant trouvé quelque temps après en Languedoc, il alla offrir ses services à feu Monsieur le Prince de Conti, gouverneur de cette province et vice-roi de Catalogne. Ce prince qui l'estimait, et qui alors[11] n'aimait rien tant que la comédie, le reçut avec des marques de bonté très obligeantes, donna des appointements à sa troupe, et l'engagea à son service, tant auprès de sa personne que pour les états de Languedoc.

La seconde comédie de Monsieur de Molière fut représentée aux états de Béziers, sous le titre du *Dépit amoureux*.

En 1658, ses amis lui conseillèrent de s'approcher de Paris, en faisant venir sa troupe dans une ville voisine : c'était le moyen de profiter du crédit que son mérite lui avait acquis auprès de plusieurs personnes de considération, qui s'intéressant à sa gloire, lui avaient promis de l'introduire à la cour. Il avait passé le carnaval à Grenoble, d'où il partit après Pâques, et vint s'établir à Rouen. Il y séjourna pendant l'été ; et après quelques voyages qu'il fit à Paris secrètement, il eut l'avantage de faire agréer ses services et ceux de ses camarades à Monsieur, frère unique de Sa Majesté[12], qui lui ayant accordé sa protection, et le titre de sa troupe, le présenta en cette qualité au Roi et à la Reine mère.

Ses compagnons, qu'il avait laissés à Rouen, en partirent aussitôt ; et le 24 octobre 1658 cette troupe commença de paraître devant Leurs Majestés et toute la cour, sur un théâtre que le Roi avait fait dresser dans la salle des Gardes du vieux Louvre. *Nicomède*, tragédie de Monsieur

---

10 Dans son Registre, La Grange lui-même précise que la première de *L'Étourdi* eut lieu à Lyon en 1655.

11 Alors, en effet ! Le Conti converti aura d'autres sentiments pour le théâtre et pour Molière…

12 Philippe d'Orléans.

de Corneille l'aîné[13], fut la pièce qu'elle choisit pour cet éclatant début. Ces nouveaux acteurs ne déplurent point, et on fut surtout fort satisfait de l'agrément et du jeu des femmes. Les fameux comédiens qui faisaient alors si bien valoir l'Hôtel de Bourgogne étaient présents à cette représentation. La pièce étant achevée, Monsieur de Molière vint sur le théâtre ; et après avoir remercié Sa Majesté, en des termes très modestes, de la bonté qu'Elle avait eue d'excuser ses défauts et ceux de toute sa troupe, qui n'avait paru qu'en tremblant devant une assemblée si auguste, il lui dit que l'envie qu'ils avaient eue d'avoir l'honneur de divertir le plus grand roi du monde, leur avait fait oublier que Sa Majesté avait à son service d'excellents originaux, dont ils n'étaient que de très faibles copies ; mais que puisqu'Elle avait bien voulu souffrir leurs manières de campagne[14], il la suppliait très humblement d'avoir agréable qu'il lui donnât un de ces petits divertissements qui lui avaient acquis quelque réputation, et dont il régalait les provinces.

Ce compliment, dont on ne rapporte que la substance, fut si agréablement tourné, et si favorablement reçu, que toute la cour y applaudit, et encore plus à la petite comédie, qui fut celle du *Docteur amoureux*[15]. Cette comédie, qui ne contenait qu'un acte, et quelques autres de cette nature, n'ont point été imprimées : il les avait faites sur quelques idées plaisantes sans y avoir mis la dernière main ; et il trouva à propos de les supprimer, lorsqu'il se fut proposé pour but dans toutes ses pièces d'obliger les hommes à se corriger de leurs défauts. Comme il y avait longtemps qu'on ne parlait

---

13   Pierre Corneille, évidemment.

14   Les comédiens de campagne parcouraient la province.

15   Une parmi les farces que Molière ne cessa de donner à Paris, et qui n'ont pas subsisté.

plus de petites comédies[16], l'invention en parut nouvelle, et celle qui fut représentée ce jour-là divertit autant qu'elle surprit tout le monde. M. de Molière faisait Le Docteur ; et la manière dont il s'acquitta de ce personnage le mit dans une si grande estime, que Sa Majesté donna ses ordres pour établir sa troupe à Paris. La salle du Petit-Bourbon lui fut accordée pour y représenter la comédie alternativement avec les comédiens italiens. Cette troupe dont M. de Molière était le chef et qui, comme je l'ai déjà dit, prit le titre de la troupe de Monsieur, commença à représenter en public le 3 novembre 1658 et donna pour nouveautés *L'Étourdi* et *Le Dépit amoureux*, qui n'avaient jamais été joués à Paris.

En 1659, Monsieur de Molière fit la comédie des *Précieuses ridicules*. Elle eut un succès qui passa ses espérances ; comme ce n'était qu'une pièce d'un seul acte, qu'on représentait après une autre de cinq, il la fit jouer le premier jour au prix ordinaire ; mais le peuple y vint en telle affluence, et les applaudissements qu'on lui donna furent si extraordinaires, qu'on redoubla le prix dans la suite[17] – ce qui réussit parfaitement à la gloire de l'auteur et au profit de la troupe.

L'année suivante, il fit *Le Cocu imaginaire*, qui eut un succès pareil à celui des *Précieuses*.

Au mois d'octobre de la même année, la salle du petit-Bourbon fut démolie pour ce grand et magnifique portail du Louvre, que tout le monde admire aujourd'hui. Ce fut pour M. de Molière une occasion nouvelle d'avoir recours aux bontés du Roi, qui lui accorda la salle du Palais-Royal, où M. le Cardinal de Richelieu avait donné autrefois des spectacles dignes de sa magnificence. L'estime dont Sa Majesté l'honorait augmentait de jour en jour, aussi bien que

---

16   On voit que le terme de *farce*, méprisé, mais qui serait le terme propre, est obstinément refusé pour désigner ces petites pièces.

17   Cela s'appelait *jouer au double*.

celle des courtisans les plus éclairés, le mérite et les bonnes qualités de M. de Molière faisant de très grands progrès dans tous les esprits. Son exercice de la comédie ne l'empêchait pas de servir le Roi dan sa charge de valet de chambre, où il se rendait très assidu. Ainsi il se fit remarquer à la cour pour un homme civil et honnête, ne se prévalant point de son mérite et de son crédit, s'accommodant à l'humeur de ceux avec qui il était obligé de vivre, ayant l'âme belle, libérale[18] ; en un mot, possédant et exerçant toutes les qualités d'un parfaitement honnête homme.

Quoiqu'il fût très agréable en conversation lorsque les gens lui plaisaient, il ne parlait guère en compagnie, à moins qu'il ne se trouvât avec des personnes pour qui il eût une estime particulière ; cela faisait dire à ceux qui ne le connaissaient pas qu'il était rêveur et mélancolique. Mais s'il parlait peu, il parlait juste ; et d'ailleurs il observait les manières et les mœurs de tout le monde ; il trouvait moyen ensuite d'en faire des applications admirables dans ses comédies, où l'on peut dire qu'il a joué tout le monde, puisqu'il s'y est joué le premier en plusieurs endroits sur des affaires de sa famille, et qui regardaient ce qui se passait dans son domestique[19]. C'est ce que ses plus particuliers amis ont remarqué bien des fois.

En 1661, il donna la comédie de *L'École des maris* et celle des *Fâcheux* ; en 1662, celle de *L'École des femmes* et *La Critique* ; et ensuite plusieurs pièces de théâtre qui lui acquirent une si grande réputation que Sa Majesté ayant établi en 1663 des gratifications pour un certain nombre de gens de lettres, Elle voulut qu'il y fût compris sur le pied de mille francs[20].

---

18 *Libérale* : généreuse.
19 Dans les affaires de sa maison, (*domus*), dans sa vie privée.
20 Molière se trouve pour la première fois sur cette liste en tant qu'« excellent poète comique », pour 1 000 francs ou 1 000 livres ; la gratification sera

La troupe qui représentait ses comédies était si souvent employée pour les divertissements du Roi, qu'au mois d'août 1665 Sa Majesté trouva à propos de l'arrêter tout à fait à son service, en lui donnant une pension de sept mille livres. M. de Molière et les principaux de ses compagnons allèrent pendre congé de MONSIEUR, et lui faire leurs très humbles remerciements de la protection qu'il avait eu la bonté de leur donner.

Son Altesse Royale s'applaudit du choix qu'il avait fait d'eux, puisque le Roi les trouvait capables de contribuer à ses plaisirs, et particulièrement à toutes les belles fêtes qui se faisaient à Versailles, à Saint-Germain, à Fontainebleau et à Chambord[21] ; et en même temps ce prince leur donna des marques obligeantes de la continuation de son estime.

La troupe changea de titre, et prit celui de la troupe du Roi, qu'elle a toujours retenu jusqu'à la jonction qui a été faite en 1680.

Après qu'elle fut à Sa Majesté, M. de Molière continua de donner plusieurs pièces au théâtre, tant pour le plaisir du Roi que pour les divertissements du public, et s'acquit par là cette haute réputation qui doit éterniser sa mémoire.

Toutes ses pièces n'ont pas d'égales beautés ; mais on peut dire que dans ses moindres il y a des traits qui n'ont pu partir que de la main d'un grand maître, et que celles qu'on estime les meilleures, comme *Le Misanthrope*, le *Tartuffe*, *Les Femmes savantes*, etc., sont des chefs-d'œuvre qu'on ne saurait assez admirer.

Ce qui était cause de cette inégalité dans ses ouvrages, dont quelques-uns semblent négligés en comparaison des autres, c'est qu'il était obligé d'assujettir son génie à des sujets qu'on lui prescrivait, et de travailler avec une très

renouvelée chaque année.
21   Résidences royales où furent créées les comédies-ballets de Molière.

grande précipitation, soit par les ordres du Roi, soit par la nécessité des affaires de la troupe, sans que son travail le détournât de l'extrême application et des études particulières qu'il faisait sur tous les grands rôles qu'il se donnait dans ses pièces. Jamais homme n'a si bien entré que lui dans ce qui fait le jeu naïf[22] du théâtre. Il a épuisé toutes les matières qui lui ont pu fournir quelque chose, et si les critiques n'ont pas été entièrement satisfaits du dénouement de quelques-unes de ses comédies, tant de beautés avaient prévenu pour lui l'esprit de ses auditeurs, qu'il était aisé de faire grâce à des taches si légères.

Enfin en 1673, après avoir réussi dans toutes les pièces qu'il a fait représenter, il donna celle du *Malade imaginaire*, par laquelle il a fini sa carrière à l'âge de cinquante-deux ou cinquante-trois ans[23]. Il y jouait la Faculté de médecine en corps, après avoir joué les médecins en particulier dans plusieurs autres où il a trouvé moyen de les placer ; ce qui a fait dire que les médecins étaient pour Molière ce que le vieux Poète était pour Térence[24].

Lorsqu'il commença les représentations de cette agréable comédie, il était malade en effet d'une fluxion sur la poitrine qui l'incommodait beaucoup, et à laquelle il était sujet depuis quelques années. Il s'était joué lui-même sur cette incommodité dans la cinquième scène du second acte de *L'Avare*, lorsqu'Harpagon dit à Frosine : « Je n'ai pas de grandes incommodités, Dieu merci ; il n'y a que ma fluxion qui me prend de temps en temps » ; à quoi Frosine répond : « Votre fluxion ne vous sied point mal,

---

22   Le jeu naturel, simple, conforme à la nature et à l'exactitude. Le *naïf* est une qualité fort difficile à gloser !

23   En fait, à cinquante-et-un ans.

24   Térence a beaucoup attaqué un *malevolus vetus poeta*, un vieux poète malintentionné.

et vous avez grâce à tousser ». Cependant c'est cette toux qui a abrégé sa vie de plus de vingt ans. Il était d'ailleurs d'une très bonne constitution ; et sans l'accident qui laissa son mal sans aucun remède, il n'eût pas manqué de forces pour le surmonter.

Le 17 février, jour de la quatrième représentation du *Malade imaginaire*, il fut si fort travaillé de sa fluxion qu'il eut de la peine à jouer son rôle ; il ne l'acheva qu'en souffrant beaucoup[25], et le public connut aisément qu'il n'était rien moins que ce qu'il avait voulu jouer. En effet, la comédie étant faite, il se retira promptement chez lui ; et à peine eut-il le temps de se mettre au lit, que la toux continuelle dont il était tourmenté redoubla sa violence. Les efforts qu'il fit furent si grands, qu'une veine se rompit dans ses poumons. Aussitôt qu'il se sentit en cet état, il tourna toutes ses pensées du côté du Ciel[26] ; un moment après il perdit la parole, et fut suffoqué en demi-heure par l'abondance du sang qu'il perdit par la bouche.

Tout le monde a regretté un homme si rare, et le regrette encore tous les jours ; mais particulièrement les personnes qui ont du bon goût et de la délicatesse. On l'a nommé le Térence de son siècle ; ce seul mot renferme toutes les louanges qu'on lui peut donner. Il n'était pas seulement inimitable dans la manière dont il soutenait tous les caractères de ses comédies ; mais il leur donnait encore un agrément tout particulier par la justesse qui accompagnait le jeu des acteurs : un coup d'œil, un pas, un geste, tout y était observé avec une exactitude qui avait été inconnue jusque-là sur les théâtres de Paris.

---

25 Selon Grimarest, c'est en prononçant le *Juro* du dernier intermède qu'il fut saisi du malaise définitif.

26 S'ils voulaient être enterrés en terre sainte, les comédiens devaient, à l'article de la mort, renier leur passé de comédien.

Sa mort, dont on a parlé diversement, fit incontinent[27] paraître quantité de madrigaux ou épitaphes. La plupart étaient sur les médecins vengés, qu'on prétendait l'avoir laissé mourir sans secours, par ressentiment de ce qu'il les avait trop bien joués dans ses comédies. De tout ce qu'on fit sur cette mort, rien ne fut plus approuvé que ces quatre vers latins qu'on a trouvé à propos de conserver. Le lecteur observera que, sur la fin de la comédie, le Malade imaginaire, qui était représenté par cet excellent auteur, contrefait le mort :

> *Roscius hic situs est tristi Molierus in urna,*
> *Cui genus humanum ludere ludus erat.*
> *Dum ludit mortem, mors indignata jocantem*
> *Corripit, et minum fingere saeva negat*[28].

Après la mort de Monsieur de Molière, le Roi eut dessein de ne faire qu'une troupe de celle qui venait de perdre son illustre chef et des acteurs qui occupaient l'Hôtel de Bourgogne ; mais les divers intérêts des familles des comédiens n'ayant pu s'accommoder, ils supplièrent Sa Majesté d'avoir la bonté de laisser les troupes séparées comme elles étaient, ce qui leur fut accordé ; à la réserve de la salle du Palais-Royal, qui fut destinée pour la représentation des opéras en musique[29]. Ce changement obligea les compagnons de Monsieur de Molière à chercher un autre lieu, et ils s'établirent, avec permission et sur les ordres de

---

27 Aussitôt.
28 « Ci-gît notre Roscius, Molière, dans une urne funèbre, / Lui qui se faisait un jeu de jouer le genre humain. / Tandis qu'il joue la mort, la mort, qui s'en indigne, de celui qui se moque / Elle se saisit et, cruelle, refuse que le mime feigne ». Vers latin attribués au comédien Marcel. – Quintus Roscius est un célèbre acteur romain, admiré par Cicéron.
29 Pour Lully et son scénographe Vigarani.

Sa Majesté, rue Mazarini, au bout de la rue Guénégaud, toujours sous le même titre de la troupe du Roi[30].

Les commencements de cet établissement ont été heureux, et les suites très avantageuses, les comédiens compagnons de M. de Molière ayant suivi les maximes de leur fameux fondateur et soutenu sa réputation d'une manière si satisfaisante pour le public, qu'enfin il a plu au Roi d'y joindre tous les acteurs et actrices des autres troupes de comédiens qui étaient dans Paris, pour n'en faire qu'une seule compagnie. Ceux du Marais y avaient été incorporés en 1673, suivant les intentions de Sa Majesté ; et par ordonnance de Monsieur de La Reynie, lieutenant général de la police, donnée le 25 juin de la même année, ce théâtre fut supprimé pour toujours.

Les comédiens de l'Hôtel de Bourgogne, qui depuis un si grand nombre d'années portaient le titre de la seule troupe royale, ont été réunis avec la troupe du Roi le 25 août 1680 ; cela s'est fait suivant l'ordre de Sa Majesté, donné à Charleville le 18 du même mois par Monsieur le duc de Créquy, gouverneur de Paris, premier gentilhomme de la chambre en année, et confirmé par une lettre de cachet en date du 21 octobre[31].

Cette réunion des deux troupes, qui a mis les comédiens italiens en possession du théâtre de l'Hôtel de Bourgogne, a été d'autant plus agréable à Sa Majesté, qu'elle avait eu dessein de la faire, comme on l'a déjà expliqué, incontinent après la mort de Monsieur de Molière. Il n'y a plus présentement dans Paris que cette seule compagnie de comédiens

---

30 Ce fut la troupe de Guénégaud, résultant de la fusion entre le Marais et la troupe de Molière, qui jouait au jeu de paume de La Bouteille, rue Mazarine (anciennement rue des Fossés-de-Nesle), dans l'actuel 6ᵉ arrondissement de Paris.

31 C'est la fondation de la Comédie-Française.

du Roi entretenus par Sa Majesté. Elle est établie en son Hôtel rue Mazarini[32], et représente tous les jours sans interruption – ce qui a été une nouveauté utile aux plaisirs de cette superbe ville, dans laquelle, avant la jonction, il n'y avait comédie que trois fois chaque semaine, savoir le mardi, le vendredi et le dimanche, ainsi qu'il s'était toujours pratiqué[33].

Cette troupe est si nombreuse que fort souvent il y a comédie à la cour et à Paris en même jour, sans que la cour ni la ville s'aperçoivent de cette division. La comédie en est beaucoup mieux jouée, tous les bons acteurs étant ensemble pour le sérieux et pour le comique.

---

32 La Comédie-Française joua à l'Hôtel Guénégaud jusqu'en 1687.

33 Tel est bien l'usage mentionné par Samuel Chappuzeau dans son *Théâtre françois* de 1674 (Livre second, XV), avant la jonction de 1680. Mais, du temps de Molière, le Palais-Royal jouait six fois par semaine : trois fois pour les Italiens, trois fois pour la troupe française.

CHRONOLOGIE

(jusqu'en novembre 1655)

1595   Naissance de Jean II Poquelin, père de Molière.

1601   4 mai. Baptême à Paris, paroisse Saint-Eustache, de Marie Cressé, mère de Molière.

1618   8 janvier. Baptême à Paris, paroisse Saint-Gervais, de Madeleine Béjart.

1621   27 avril. Mariage, à Saint-Eustache, de Jean II Poquelin et de Marie Cressé. Ils auront cinq enfants.

1622   15 janvier. Baptême à Saint-Eustache de « Jean, fils de Jean Pouguelin (*sic*) tapissier et de Marie Cresé (*sic*) sa femme ». C'est le futur Molière, né un ou deux jours auparavant, dans la maison dite du pavillon de singes (à cause de la potence d'angle, sculptée), rue Saint-Honoré. Il faut attendre, en 1643, l'acte de fondation de L'Illustre Théâtre pour qu'apparaisse le prénom de *Jean-Baptiste* et que *Pouguelin*, qui était devenu *Pocquelin*, soit *Poquelin*.

1629   Fondation de la Compagnie du Saint-Sacrement.

1631   22 avril. Jean II Poquelin, le père de Molière, achète un office de tapissier et valet de chambre ordinaire du roi, dont le précédent titulaire était son frère cadet Nicolas.

1632   10 mai. Mort de la mère de Molière, Marie Cressé. Les enfants mineurs sont mis sous la tutelle de leur grand-père Louis Cressé.

1633   30 mai. Jean II Poquelin, le père de Molière, se remarie avec Catherine Fleurette. Ils auront trois fils.

1636   28 mai. Publication de l'*Hercule mourant* de Rotrou. Parmi les pièces liminaires, on trouve un quatrain de Madeleine Béjart.

         12 novembre. Mort de la belle-mère de Molière, Catherine Fleurette.

         Aucun document sur les études de Molière, des petites écoles aux supposées études de droit à Orléans pour être reçu avocat, en passant par les humanités au collège jésuite de Clermont, d'où il serait sorti en 1640 ou peu avant.

1637   14 décembre. Par lettres de provision du roi, le père de Molière obtient pour son fils Jean-Baptiste, qui prêtera serment quelques jours plus tard, la survivance de la charge de tapissier et valet de chambre du roi.

1638   11 juillet. Baptême à Saint-Eustache de Françoise, fille illégitime du comte de Modène et de Madeleine Béjart.

         5 septembre. Naissance du futur Louis XIV.

1641   Entre 1641 et 1643. Naissance d'Armande Béjart qui, si elle n'est certainement pas la fille de Molière, peut être celle de Madeleine Béjart.

         14 janvier. Inauguration du théâtre, voulu par Richelieu dans son palais (le Palais Cardinal, qui deviendra Palais Royal). C'est cette salle que restaurera Molière à partir de janvier 1661.

1642   4 décembre. Mort de Richelieu.

1643   6 janvier. Molière signe à son père une quittance
de la somme de 630 livres, représentant sa part
de la succession de sa mère et un avancement
d'hoirie de celle de son père. Et il prie celui-ci
de faire pourvoir à la charge de tapissier du
roi, à laquelle il renonce et qu'il aurait exercée
jusqu'alors.
14 mai. Mort de Louis XIII. Régence d'Anne
d'Autriche.
30 juin. Contrat de société de l'Illustre Théâtre.
Les signataires (du côté des hommes : Denis Beys,
Germain Clérin, Jean-Baptiste Poquelin, Joseph
Béjart, Nicolas Bonnenfant, Georges Pinel ; du
côté des femmes : Madeleine Béjart, Madeleine
Malingre, Catherine des Urlis, Géneviève Béjart)
« s'unissent et se lient ensemble pour l'exercice de
la comédie, afin de conservation de leur troupe
sous le nom de l'Illustre Théâtre ».
12 septembre. Bail à la troupe de l'Illustre Théâtre
du jeu de paume des Mestayers (actuellement rue
Mazarine), pour trois ans, moyennant un loyer de
1 900 livres.
Entre septembre et décembre. Divers marchés
sont passés pour l'aménagement du jeu de paume.
31 octobre. Engagement de quatre joueurs
d'instruments par l'Illustre Théâtre, pour trois ans.

1644   1er janvier. Ouverture de l'Illustre Théâtre.
28 juin. Engagement par la troupe du danseur
Daniel Mallet. « Jean-Baptiste Pocquelin, dict
Moliere » est le premier comédien mentionné par
le contrat ; il signe « De Moliere ».

1er juillet. Étant donné les dettes contractées pour le théâtre, les comédiens s'accordent pour n'être point remboursés de ce qu'ils ont avancé.

9 septembre. Reconnaissance de dettes de l'Illustre Théâtre à Louis Baulot, pour un prêt de 1 100 livres (nécessaire à l'achat de nouvelles pièces de théâtre, de Du Ryer et de Tristan en particulier, et au paiement du loyer). L'obligation précise que l'Illustre Théâtre est « entretenu par Son Altesse Royale » – c'est-à-dire Gaston d'Orléans.

17 décembre. Reconnaissances de dette de l'Illustre Théâtre à François Pommier.

19 décembre. Désistement du bail du jeu de paume des Mestayers. Signature d'un bail pour le jeu de paume de la Croix-Noire (au port Saint-Paul, actuellement quai des Célestins), pour un loyer de 2 400 livres.

20 décembre. Marché passé par l'Illustre Théâtre avec un charpentier pour l'aménagement du jeu de paume.

1645 24 janvier. Marché passé avec un maître tapissier pour la même raison.

Fin janvier. Premières représentations dans ce nouveau théâtre.

Avril-juin. La troupe est pourchassée par ses créanciers.

2 et 4 août. Molière est par deux fois emprisonné au Châtelet pour dettes, et aussitôt libéré. La dette de son fils sera finalement payée par le père de Molière.

Automne. Molière quitte Paris, tandis que se poursuit la liquidation de l'Illustre Théâtre et que les débiteurs font défaut. Le règlement durera plusieurs années.

1646   De 1646 à 1648. Molière tourne très certai-
        nement en province avec la troupe de Charles
        Dufresne, pensionnée par Bernard de Nogaret de
        La Valette, duc d'Épernon, alors gouverneur de
        Guyenne : Nantes, Toulouse, Albi, Agde, Nantes,
        Fontenay-le-Comte.

1648   13 mai. Début de la Fronde parlementaire
        (1648-1649).

        11 juin. Témoignage indubitable de la présence
        de Molière dans la troupe : il signe, en compagnie
        de Charles Dufresne, à un acte de baptême en
        l'église Saint-Clément-lès-Nantes.

        Automne. La troupe est à Poitiers.

1649   4 mai. Le « sieur du Fresne et autres comédiens de
        sa troupe » jouent pour l'entrée du comte de Roure,
        lieutenant général pour le roi en Languedoc, à
        Toulouse.

        8 novembre. Réponse négative du maire de Poitiers
        à une demande du « sieur Morlière » (sic) de venir
        jouer en sa ville « avec ses compagnons ». Dufresne
        a donc associé Molière à la direction de la troupe.

        Décembre. La troupe est à Narbonne.

1650   10 janvier. Molière est parrain à Narbonne.

        18 janvier. Début de la Fronde des princes
        (1650-1653).

        Février. La troupe est à Agen sur ordre du
        gouverneur.

        17 décembre. Molière signe une quittance du tré-
        sorier de la bourse de Languedoc pour une somme
        ordonnée « aux comédiens par Messieurs des
        Estats » – les états de Languedoc se tinrent en effet
        à Pézenas du 24 octobre 1650 au 14 janvier 1651.

1651   4 avril. Molière est à Paris pour régler les comptes
         avec son père. On ne sait rien de la troupe pen-
         dant ce temps.

1652   Janvier. La troupe est présente lors de l'assemblée
         des états de Languedoc à Carcassonne.
         12 août. Molière et Madeleine Béjart sont parrain
         et marraine à Grenoble.
         21 octobre. Louis XIV et Anne d'Autriche rentrent
         à Paris, suivis par Mazarin (3 février 1653) : fin
         de la Fronde.
         Décembre. La troupe est à Lyon.

1653   19 février. Signature de Molière au contrat de
         mariage de Du Parc et de Marquise-Thérèse de
         Gorla, à Lyon.
         Printemps ou été. La troupe a sans doute représenté à
         Lyon l'*Andromède* de Pierre Corneille (un exemplaire
         de la première édition (1651) donne la distribution).
         Automne. Armand de Bourbon, prince de Conti,
         devient le protecteur de la troupe ; dans le texte
         de ses *Mémoires*, Cosnac parle de « la troupe de
         Molière et de la Béjart ». La troupe est à Pézenas.

1654   6 janvier. Molière est parrain à Montpellier, pen-
         dant les états de Languedoc (décembre 1653 à
         mars 1354).
         8 mars. Molière est parrain à Lyon du fils des
         Du Parc.
         7 juin. Sacre de Louis XIV à Reims.
         25-26 septembre. C'est probablement à la troupe
         de Dufresne-Molière qu'il est interdit de jouer à
         Vienne « sans la permission de la police ».
         3 novembre. La troupe est à Lyon (la Du Parc
         est marraine).

Fin 1654 à juin 1655. La troupe reste à Lyon.

1655   Février. Molière danse dans le *Ballet des Incompatibles*, devant le prince de Conti, à Montpellier, pour le carnaval.

18 février. Madeleine Béjart est signalée à Montélimar pour un prêt qu'elle accorde.

29 avril. Des comédiens « de la troupe de Monsieur le prince de Comty », dont Molière et Dufresne, signent à un acte de baptême à Lyon, en l'église Sainte-Croix.

Entre avril et juin. Molière crée à Lyon sa première comédie de *L'Étourdi*.

Juin-juillet. La troupe est à Dijon.

Automne. La troupe est à Avignon.

9 novembre. Présence attestée de la troupe à Pézenas à partir de cette date, pour les états de Languedoc (qui siègeront jusqu'en février 1656).

DEUX FARCES

La Jalousie du Barbouillé & *Le Médecin volant*

Que la farce, désormais nourrie des influences de la *commedia dell'arte*, ait fait s'esclaffer aussi bien les spectateurs de la province que les spectateurs parisiens de la première moitié du XVIIe siècle est une évidence[1]. Les comédiens de campagne, qui circulaient alors dans toutes les régions du royaume, savaient leur public friand de ce genre de spectacle – tous leurs publics même, et pas seulement le public populaire et mêlé qui se bousculait dans une salle d'auberge ou qui se pressait, un peu plus confortablement, dans quelque jeu de paume aménagé en salle de théâtre. Dans son *Baron de la Crasse*[2] de 1662, Raymond Poisson qui, comme Molière et vers la même époque, avait commencé sa carrière d'acteur dans diverses troupes errantes, met en scène un baron du Languedoc chez qui s'annoncent des comédiens de campagne. Ceux-ci lui proposent les grandes pièces – tragédies, tragi-comédies, comédies – créées à Paris ; mais le baron n'a de goût que pour une farce, qu'on finit par lui jouer. À Paris, la naissance d'une véritable comédie littéraire à partir des années 1630 relégua peut-être la farce,

---

1   Pour l'évolution de la farce depuis le Moyen Âge, voir *Farces du Grand Siècle. De Tabarin à Molière. Farces et petites comédies du XVIIe siècle*, éd. Charles Mazouer, nouvelle éd. 2008, p. 9-17 de l'introduction ainsi que la bibliographie, p. 27-29.

2   Édition Charles Mazouer, Paris, Société des Textes Français Modernes, 1987.

si florissante pendant les trente premières années du siècle et dont on imaginerait mal qu'elle ait totalement disparu[3], au second plan. Mais Molière allait remettre la *petite comédie* – car on évitait désormais de parler de *farce* – en vogue.

Il le fit le 24 octobre 1658 très précisément, pour son grand début parisien devant le roi, au Louvre. Les comédiens de Molière donnèrent d'abord le *Nicomède* de Corneille ; puis Molière s'avança sur le théâtre et s'adressa à Sa Majesté, en lui disant finalement « que puisqu'Elle avait bien voulu souffrir leurs manières de campagne, il la suppliait très humblement d'avoir agréable qu'il lui donnât un de ces petits divertissements qui lui avaient acquis quelque réputation, et dont il régalait les provinces ». Et la Préface de l'édition de 1682 des *Œuvres de Molière*, celle qui est due à La Grange et à Vivot, poursuit : « Ce compliment, dont on ne rapporte que la substance, fut si agréablement tourné et si favorablement reçu, que toute la cour y applaudit, et encore plus à la petite comédie, qui fut celle du *Docteur amoureux*. Cette comédie, qui ne contenait qu'un acte, et quelques autres de cette nature, n'ont point été imprimées : il les avait faites sur quelques idées plaisantes sans y avoir mis la dernière main ; et il trouva à propos de les supprimer, lorsqu'il se fut proposé pour but de toutes ses pièces d'obliger les hommes à se corriger de leurs défauts. Comme il y avait longtemps qu'on ne parlait plus de petites comédies, l'invention en parut nouvelle, et celle qui fut représentée ce jour-là divertit autant qu'elle surprit tout le monde[4]. »

En somme, c'est grâce à la farce que Molière s'attira la faveur du monarque et, du coup, l'auteur du *Docteur amoureux* remit le genre à la mode dans les théâtres parisiens !

---

3   Voir Charles Mazouer, « La farce au XVIIe siècle : un genre populaire », *Littératures classiques*, n° 51, été 2004, p. 157-170.
4   *Supra*, p. 21-22.

Boileau lui-même regrettait que soit perdu ce *Docteur amoureux*, parce que, disait-il, « il y a toujours quelque chose de saillant et d'instructif dans ses moindres ouvrages[5] ». Molière avait donc composé et représenté des farces au cours de ses pérégrinations provinciales ; il en joua aussi à Paris après 1658. Les titres seuls de ces petites pièces nous sont connus[6], Molière estimant indigne du peintre de la nature humaine et du contempteur des vices – d'après la Préface de 1682 – de donner une forme littéraire définitive à ces minces divertissements et de les confier à l'impression. Les registres de la troupe désormais parisienne mentionnent ainsi *Gros-René écolier, Le Docteur pédant, La Jalousie de Gros-René* (ou *Gros-René jaloux*), *Gorgibus dans le sac, Plan plan, Les Trois Docteurs, Le Fagoteux, La Casaque, Le Fin Lourdaud...*

Deux de ces farces ont heureusement échappé au naufrage : *La Jalousie du Barbouillé* et *Le Médecin volant*. Comment nous sont-elles parvenues ?

C'est Jean-Baptiste Rousseau qui, dans sa correspondance de 1731, affirme détenir le manuscrit de deux petites pièces que Molière représentait en province ; il fournit à ses correspondants les titres de ces deux pièces, qu'il ne goûtait guère, et une description de *La Jalousie du Barbouillé*.

Un petit siècle plus tard, en 1819, le littérateur et éditeur de textes anciens Emmanuel-Louis-Nicolas Viollet-le-Duc (à ne pas confondre avec Eugène Viollet-le-Duc, l'architecte et restaurateur des monuments médiévaux) publiait *Deux pièces inédites de J.-B. P. Molière*, à partir d'un manuscrit tombé entre ses mains ; c'est la première édition de *La Jalousie du Barbouillé* et du *Médecin volant*.

---

5   *Boloeana*, 3 (cité par Gustave Michaut, *La Jeunesse de Molière*, 2ᵉ éd., 1923, p. 219).

6   Voir Gustave Michaut, *La Jeunesse de Molière, op. cit.*, p. 212 *sq.*

Enfin, pour son édition des « Grands écrivains de la France », dont le premier volume parut en 1873, Eugène Despois rechercha le manuscrit mentionné par J.-B. Rousseau et par Viollet-le-Duc. Il pensa l'avoir identifié dans un manuscrit déposé à la bibliothèque Mazarine, qui sert de base à tous les éditeurs de Molière depuis. Mais comme des différences existent et entre ce manuscrit et l'édition de Viollet-le-Duc, et entre ce manuscrit et les notations de J.-B. Rousseau sur le manuscrit qu'il a eu entre les mains, on a pu postuler l'existence de plus d'un manuscrit, sans pouvoir aller plus loin dans la spéculation.

Ces textes sont-ils bien de Molière ? J.-B. Rousseau en doutait et n'y voyait que la main de quelque comédien de campagne. *La Jalousie du Barbouillé* et *Le Médecin volant* ne seraient-ils que l'œuvre d'un imitateur ? La discussion sur leur authenticité a continué ; Gustave Michaut, au début du XXe siècle, en doute encore. À l'inverse, à la suite d'Eugène Despois, l'opinion commune est en faveur de l'authenticité, pour laquelle Georges Couton argumente dans son ancienne édition de la Pléiade[7]. Pour la nouvelle édition de la Pléiade[8], Georges Forestier et Claude Bourqui sont plus précis dans le débat, plus nuancés et donc plus réservés ; leurs analyses distinguent au demeurant les deux farces quant à leur authenticité moliéresque. Leur intéressant point de vue et leurs hypothèses doivent être considérés, mais sans entraîner, selon nous, un scepticisme absolu sur l'authenticité moliéresque. Molière reste à l'origine des deux farces où sa main se reconnaît. Malgré la part d'incertitude, portons finalement à son crédit ces bagatelles qu'il se refusa à imprimer.

---

7   T. I, 1971, p. 5-6.
8   T. II, 2010, p. 1712 *sq.* et 1719 *sq.*

BIBLIOGRAPHIE

ÉDITIONS

Éd. du *Médecin malgré lui* et du *Médecin volant*, illustrations de Dario Fo, tirées de ses carnets de mise en scène, Paris, Imprimerie nationale, 1991 (Le spectateur français).

Éd. Charles Mazouer, *Farces du Grand Siècle. De Tabarin à Molière. Farces et petites comédies du XVIIᵉ siècle*, nouvelle édition revue et corrigée, Presses Universitaires de Bordeaux, 2008 (Parcours universitaires).

Éd. Patrick Dandrey, *George Dandin, ou Le Mari confondu ; suivi de La Jalousie du Barbouillé*, Paris, Gallimard, 2013 (Folio. Théâtre, 147).

ÉTUDES

ALBANESE, Ralph Jr, « Corps et corporéité dans les premières farces de Molière », [in] *Le Corps au XVIIᵉ siècle* (Actes du colloque de Santa Barbara), Paris-Seattle-Tübingen, *Papers on French Seventeenth-Century Literature*, 1995, t. I, p. 211-220 (*Biblio 17*, 89).

GILL, A., « The Doctor in the farce and Molière », *French Studies*, vol. II, n° 2, april 1948, p. 101-128.

GUGGENHEIM, Michel, « Les pédants de Molière », *Revue de l'université d'Ottawa*, n° 44, 1974, p. 78-94.

MASKELL, David, « The aesthetics of farce : *La Jalousie du Barbouillé* », *The Modern Language Review*, 92 (3), july 1997, p. 581-589.

MAZOUER, Charles, *Le Personnage du naïf dans le théâtre comique du Moyen Âge à Marivaux*, Paris, Klincksieck, 1979 (Bibliothèque française et romane. Série C, 76).

MAZOUER, Charles, « Molière et la voix de l'acteur », *Littératures classiques*, n° 12, janvier 1990, p. 261-274.

MAZOUER, Charles, « La farce au XVIIᵉ siècle : un genre populaire », *Littératures classiques*, n° 51, 2004, p. 157-170.

MICHAUT, Gustave, *La Jeunesse de Molière, Les Débuts de Molière à Paris, Les Luttes de Molière*, 3 vols. à Paris, Hachette, 1922-1925 (repris tous trois à Genève, Slatkine, 1968).

PELOUS, Jean-Michel, « Les métamorphoses de Sganarelle : la permanence d'un type comique », *R.H.L.F.*, 1972, n° 5-6, p. 821-849.

REY-FLAUD, Bernadette, *Molière et la farce*, Genève, Droz, 1996.

ROYÉ, Jocelyn, *La Figure du pédant de Montaigne à Molière*, Genève, Droz, 2008 (Travaux du Grand Siècle, XXXI).

LA JALOUSIE
DU BARBOUILLÉ

INTRODUCTION

Faut-il assimiler notre *Jalousie du Barbouillé*, qui semble une première ébauche de *George Dandin*, à la farce qui a été rejouée par la troupe de Molière entre 1660 et 1664, sous le nom de *La Jalousie de Gros-René* ou de *Gros-René jaloux* ? Gros-René était le nom de farce de l'acteur René Berthelot, dit Du Parc, qui tenait peut-être le rôle du Barbouillé – celui dont le visage est enfariné ou bien barbouillé de lie de vin ou de noir. Georges Couton le fait carrément ; Georges Forestier et Claude Bourqui s'y refusent, qui vont jusqu'à inverser l'ordre chronologique traditionnel et admis entre *La Jalousie du Barbouillé* et *George Dandin*[1]. Jugeant particulièrement maladroite *La Jalousie du Barbouillé*, ils posent l'hypothèse que la farce ne serait pas antérieure, mais postérieure à la comédie en trois actes, qu'elle serait une réplique et non une ébauche – et peut-être assez peu de la main de Molière. C'est *George Dandin* qui aurait fourni la situation de base de la farce, sur quoi un imitateur aurait greffé des scènes de Docteur – le *Dottore* italien –, prises de Molière ou d'un autre. Reconstruction séduisante, mais aussi hypothétique que subtile. On peut choisir de s'en tenir à la chronologie traditionnelle.

Quoi qu'il en soit, en amont, la farce de *La Jalousie du Barbouillé* est tournée vers l'Italie. Le sujet – la femme qui fait sortir son mari retranché au logis en feignant de se

---

1   *Op. cit.*, p. 1712-1715.

jeter dans un puits, rentre alors subrepticement et laisse le jaloux dehors – est de Boccace (quatrième nouvelle de la septième journée du *Décaméron*), et a dû passer dans des canevas italiens connus de Molière. Un personnage comme le Docteur vient tout droit de la *commedia dell'arte*. Mais ce couple désaccordé que forment le Barbouillé et Angélique était bien connu de notre farce française.

Quelle pénible situation conjugale! Un mari grossier, débauché et ivrogne qui voudrait confiner sa femme au logis, qui songerait même à la tuer; une épouse qui trouve à se consoler avec un amant. Le Barbouillé tente de se venger, mais si maladroitement qu'il est berné et se retrouve en posture d'innocent accusé; comme les cocus de la farce médiévale, il doit reprendre le joug conjugal avec une résignation lucide[2].

Ce personnage n'est pas le seul à faire rire. Le Docteur dix fois docteur anime à lui seul deux scènes (sc. 2 et 6), et paraît encore à la fenêtre, en bonnet de nuit et en camisole, dans la dernière scène. Comme tout pédant, il est enfermé dans son savoir – savoir difficilement communicable et sans utilité –, incapable de s'ajuster à la réalité et aux autres. Débitant comme une mécanique les éléments de sa science, s'étourdissant de jeux rhétoriques et formels, éructant des citations latines à tout propos, menaçant de lire un plein chapitre d'Aristote, il interrompt sans cesse les autres et ne les écoute pas. Comment pourrait-il donner un conseil de sagesse pratique au Barbouillé? Comment pourrait-il rétablir la paix dans la famille? Ajoutons que le personnage donne lieu à un comique de langage très soigné et très écrit[3], mais

---

2   Charles Mazouer, *Le Personnage du naïf dans le théâtre comique du Moyen Âge à Marivaux*, 1979, p. 171-172.

3   On ne peut dire que cette farce soit vraiment un canevas. Le dialogue est soigneusement écrit et presque complètement; seule l'extrême fin de la scène 6 est résumée.

aussi à des jeux de scène physiques[4] favorisés par son aspect mécanique.

Bref, une tromperie conjugale, le renversement carnavalesque avec les autorités bafouées (le mari ; le Docteur), la théâtralité (jeu physique et jeu verbal) : cette première farce illustre bien l'esthétique du genre[5].

Il demeure que cette farce regarde bien vers le reste du théâtre de Molière. Molière n'en a pas fini avec les pédants, forcément inadaptés au réel[6] – précepteurs comme Métaphraste (*Le Dépit amoureux*), docteurs aristotélicien ou pyrrhonien comme Pancrace et Marphurius (*Le Mariage forcé*). Quant à la situation conjugale conflictuelle et à l'épisode de la femme qui parvient à rentrer chez elle en laissant son mari dehors, ils sont repris et génialement agencés dans le *George Dandin* de 1668, comme nous le verrons en temps voulu.

Nous donnons évidemment le texte du manuscrit conservé la Bibliothèque Mazarine sous la cote : ms. 39397, ancien L 2039. *La Jalousie du Barbouillé* occupe les folios 1-17 v°. L'édition de Viollet-le-Duc, en 1819, présente des didascalies supplémentaires.

---

4   Voir la longue didascalie de la scène 6, où le Docteur continue de disserter alors qu'il est à terre et qu'on le traîne sur le dos.

5   Voir David Maskell, « The aesthetics of farce : *La Jalousie du Barbouillé* », *The Modern Language Review*, july 1997, 92 (3), p. 581-589.

6   Voir : Austin Gill, « "The doctor in the farce" and Molière », *French Studies*, april 1948, p. 101-128 ; Michel Guggenheim, « Les Pédants de Molière », *Revue de l'université d'Ottawa*, vol. 44, n° 1, janvier-mars 1974, p. 78-94.

LA JALOUSIE
DU BARBOUILLÉ

Comédie

ACTEURS   [1 v°]

[LE] BARBOUILLÉ[1], mari d'Angélique.
LE DOCTEUR.
ANGÉLIQUE, fille de Gorgibus.
VALÈRE, amant d'Angélique.
CATHAU, suivante d'Angélique.
GORGIBUS[2], père d'Angélique.
VILLEBREQUIN[3].
[LA VALLÉE].

---

1   Les farceurs français, qui ne portaient pas le masque comme les acteurs
     de la *commedia dell'arte*, avaient l'habitude de se fariner le visage ou de
     se le barbouiller de noir ou de lie de vin. D'où le nom du Barbouillé. Il
     arrive que le manuscrit porte Barbouillé, sans l'article. Il faut régulariser.
2   Ce nom, qui est celui de diverses personnes réelles à l'époque, sert
     à Molière pour désigner des pères encore dans *Le Médecin volant*, *Les
     Précieuses ridicules* et *Sganarelle*.
3   Ce personnage, dont le nom est peut-être tiré de celui de l'acteur Edme
     Villequin, dit de Brie, paraîtra encore dans *Sganarelle*; un Villebrequin
     est mentionné dans *Le Médecin volant*.

Scène PREMIÈRE   [2 r°]

LE BARBOUILLÉ

Il faut avouer que je suis le plus malheureux de tous les hommes. J'ai une femme qui me fait enrager : au lieu de me donner du soulagement et de faire les choses à mon souhait, elle me fait donner au diable vingt fois le jour ; au lieu de se tenir à la maison, elle aime la promenade, la bonne chère et fréquente je ne sais quelle sorte de gens. Ah ! pauvre Barbouillé, que tu es misérable ! Il faut pourtant la punir. Si je la tuais... L'invention ne vaut rien, car tu serais pendu. Si tu la faisais mettre en prison... La carogne[4] en sortirait avec son passe-partout. Que diable faire donc ? Mais voilà Monsieur le Docteur qui passe par ici ; il faut que je lui demande un bon conseil sur ce que je dois faire.

Scène 2   [2 v°]
LE DOCTEUR, LE BARBOUILLÉ

LE BARBOUILLÉ

Je m'en allais vous chercher pour vous faire une prière sur une chose qui m'est d'importance.

LE DOCTEUR

Il faut que tu sois bien mal appris, bien lourdaud, et bien mal morigéné[5], mon ami, puisque tu m'abordes sans ôter ton chapeau, sans observer *rationem loci, temporis et*

---

4   *Carogne* est une prononciation de *charogne*. « Friponne, libertine, mauvaise », dit le dictionnaire de Richelet.
5   Mal instruit, mal éduqué.

personae[6]. Quoi ? débuter d'abord par un discours mal digéré[7], au lieu de dire : *« Salve ! »*, *vel « Salvus sis, Doctor doctorum eruditissime*[8] *! »* Hé ! pour qui me prends-tu, mon ami ?

LE BARBOUILLÉ

Ma foi, excusez-moi ! C'est que j'avais l'esprit en écharpe[9], et je ne songeais pas à ce que je faisais. Mais je sais bien que vous êtes galant homme[10].

LE DOCTEUR

Sais-tu bien d'où vient le mot de *galant* [3 r°] *homme* ?

LE BARBOUILLÉ

Qu'il vienne de Villejuif ou d'Aubervilliers, je ne m'en soucie guère[11].

LE DOCTEUR

Sache que le mot de *galant homme* vient d'*élégant* ; prenant le *g* et l'*a* de la dernière syllabe, cela fait *ga*, et puis prenant *l*, ajoutant un *a* et les deux dernières lettres, cela fait *galant*, et puis ajoutant *homme*, cela fait *galant homme*[12]. Mais encore, pour qui me prends-tu ?

LE BARBOUILLÉ

Je vous prends pour un docteur. Or çà, parlons un peu de l'affaire que je vous veux proposer. Il faut que vous sachiez…

---

6   « Ce qui convient (selon la raison : *ratio*) au lieu, au temps et à la personne ».
7   Mal mis en ordre, mal organisé.
8   « Salut ! » ou « Sois sauf, Docteur, le plus érudit des Docteurs ! »
9   J'avais l'esprit embrouillé, je manquais de jugement, de bon sens.
10   Poli, courtois, qui mérite la même courtoisie en retour.
11   Plaisanterie que reprendra la Martine des *Femmes savantes* (II, 6, vers 495-496). Villejuif et Aubervilliers sont alors de simples villages en dehors de Paris.
12   Étymologie parfaitement fantaisiste !

LE DOCTEUR

Sache auparavant que je ne suis pas seulement un docteur, mais que je suis une, deux, trois, quatre, cinq, six,
sept, huit, neuf et dix fois docteur : 1° parce que, comme
l'unité est la base, le fondement et le premier de tous les
nombres, [3 v°] aussi, moi, je suis le premier de tous les
docteurs, le docte des doctes ; 2° parce qu'il y a deux facultés
nécessaires pour la parfaite connaissance de toutes choses :
le sens[13] et l'entendement ; et comme je suis tout sens et
tout entendement, je suis deux fois docteur.

LE BARBOUILLÉ

D'accord. C'est que...

LE DOCTEUR

3° Parce que le nombre de trois est celui de la perfection,
selon Aristote ; et comme je suis parfait, et que toutes mes
productions le sont aussi, je suis trois fois docteur.

LE BARBOUILLÉ

Eh bien ! Monsieur le Docteur...

LE DOCTEUR

4° Parce que la philosophie a quatre parties : la logique,
morale, physique et métaphysique ; et comme je les possède
toutes quatre et que je suis parfaitement versé en icelles[14],
je suis quatre fois docteur.

LE BARBOUILLÉ

Que diable ! je n'en doute pas. Écoutez-moi donc ! [4 r°]

---

13 Le jugement.
14 En celles-ci ; le Docteur utilise une forme considérée comme archaïque
    après le premier tiers du siècle.

LE DOCTEUR

5° Parce qu'il y a cinq universelles[15] : le genre, l'espèce, la différence, le propre et l'accident, sans la connaissance desquels il est impossible de faire aucun bon raisonnement ; et comme je m'en sers avec avantage et que j'en connais l'utilité, je suis cinq fois docteur.

LE BARBOUILLÉ

Il faut que j'aie bonne patience.

LE DOCTEUR

6° Parce que le nombre de six[16] est le nombre du travail ; et comme je travaille incessamment[17] pour ma gloire, je suis six fois docteur.

LE BARBOUILLÉ

Oh ! parle tant que tu voudras !

LE DOCTEUR

7° Parce que le nombre de sept est le nombre de la félicité ; et comme je [4 v°] possède une parfaite connaissance de tout ce qui peut rendre heureux, et que je le suis en effet par mes talents, je me sens obligé de dire de moi-même : *O ter quatuorque beatum*[18] ! 8° Parce que le nombre de huit est le nombre de la justice, à cause de l'égalité qui se rencontre en lui, et que la justice et la prudence avec

---

15 Natures universelles ou *universaux*. Les philosophes scolastiques utilisaient ce terme de logique pour désigner les cinq catégories, énumérées ici par le Docteur, qui servaient à classer les êtres et les choses.

16 Pour 6, 7 et 8, le Docteur va utiliser la riche symbolique des nombres.

17 Sans cesse, continuellement.

18 « Ô trois et quatre fois heureux ! » Le Docteur, qui fait évidemment allusion au vers de Virgile (« *O terque quaterque beati* », *Énéide*, I, 94) devrait donc dire *quaterque* (« et quatre fois ») et non *quatuorque* (« et quatre »); erreur du copiste ou solécisme doctoral ?

laquelle je mesure et pèse toutes mes actions me rendent huit fois docteur ; 9° parce qu'il y a neuf Muses, et que je suis également chéri d'elles ; 10° parce que, comme on ne peut passer le nombre de dix sans faire une répétition des autres nombres, et qu'il est le nombre universel, aussi, aussi[19], quand on m'a trouvé, on a trouvé le docteur universel : je contiens en moi tous les autres docteurs. Ainsi tu vois par des raisons plausibles, vraies, démonstratives et convaincantes, [5 r°] que je suis une, deux, trois, quatre, cinq, six, sept, huit, neuf et dix fois docteur.

LE BARBOUILLÉ

Que diable est ceci ? Je croyais trouver un homme bien savant qui me donnerait un bon conseil, et je trouve un ramoneur de cheminée qui, au lieu de me parler, s'amuse à jouer à la mourre[20]. Un, deux, trois, quatre, ah, ah, ah ! – Oh bien ! ce n'est pas cela : c'est que je vous prie de m'écouter, et croyez que je ne suis pas un homme à vous faire perdre vos peines, et que si vous me satisfaisiez[21] sur ce que je veux de vous, je vous donnerai ce que vous voudrez ; de l'argent, si vous en voulez.

LE DOCTEUR

Hé ! de l'argent.

---

19   Cette répétition des *aussi* est peut-être une faute du copiste ; mais elle pourrait être voulue par Molière pour souligner l'acharnement du Docteur dans son raisonnement.

20   En énumérant ses raisons, le Docteur a dû étendre les doigts comme au jeu de la mourre ; ce jeu, venu d'Italie, consistait à montrer rapidement une partie des doigts levée et l'autre fermée, le partenaire devant deviner le nombre de doigts levés. Ce jeu était sans doute apprécié des petits ramoneurs de cheminées. – Le manuscrit donne *l'amour*, faute manifeste.

21   C'est bien la forme donnée par le manuscrit ; mais, étant donné les deux futurs qui suivent (*je donnerai* ce que *vous voudrez*), on attendrait plutôt, dans la conditionnelle, le présent *satisfaites*.

LE BARBOUILLÉ

Oui, de l'argent, et toute autre chose que vous pourriez demander.

LE DOCTEUR, *troussant sa robe derrière son cul*

Tu me prends donc pour un homme à qui [5 v°] l'argent fait tout faire, pour un homme attaché à l'intérêt, pour une âme mercenaire ? Sache, mon ami, que quand tu me donnerais une bourse pleine de pistoles, et que cette bourse serait dans une riche boîte, cette boîte dans un étui précieux, cet étui dans un coffret admirable, ce coffret dans un cabinet curieux[22], ce cabinet dans une chambre magnifique, cette chambre dans un appartement agréable, cet appartement dans un château pompeux, ce château dans une citadelle incomparable, cette citadelle dans une ville célèbre, cette ville dans une île fertile, cette île dans une province opulente, cette province dans une monarchie florissante, cette monarchie dans tout le monde ; et que tu me donnerais le monde où serait cette monarchie florissante, où serait cette province opulente, où serait cette île fertile, où serait cette ville célèbre, où serait [6 r°] cette citadelle incomparable, où serait ce château pompeux, où serait cet appartement agréable, où serait cette chambre magnifique, où serait ce cabinet curieux, où serait ce coffret admirable, où serait cet étui précieux, où serait cette riche boîte dans laquelle serait enfermée la bourse pleine de pistoles, que je me soucierais aussi peu de ton argent et de toi que de cela[23].

---

22 Le cabinet est ici un meuble à tiroirs, un secrétaire. *Curieux* : précieux.
23 *De cela* est accompagné d'un geste de mépris.

LE BARBOUILLÉ

Ma foi, je m'y suis mépris : à cause qu'il est vêtu comme un médecin[24], j'ai cru qu'il lui fallait parler d'argent. Mais puisqu'il n'en veut point, il n'y a rien plus aisé que de le contenter. Je m'en vais courir après lui.

Scène 3
ANGÉLIQUE, VALÈRE, CATHAU

ANGÉLIQUE

Monsieur, je vous assure que vous m'obligez beaucoup de me tenir quelquefois [6 v°] compagnie. Mon mari est si mal bâti, si débauché, si ivrogne que ce m'est un supplice d'être avec lui, et je vous laisse à penser quelle satisfaction on peut avoir d'un rustre comme lui.

VALÈRE

Mademoiselle[25], vous me faites trop d'honneur de me vouloir souffrir[26], et je vous promets de contribuer de tout mon pouvoir à votre divertissement ; et que, puisque vous témoignez que ma compagnie ne vous est point désagréable, je vous ferai connaître combien j'ai de joie de la bonne nouvelle que vous m'apprenez, par mes empressements.

CATHAU

Ah ! changez de discours ! Voyez porte-guignon qui arrive[27].

---

24   Le Barbouillé fait l'habituelle confusion. Est *docteur*, en a le titre et le costume, celui qui a passé tous les grades d'une des quatre facultés (théologie, droit, médecine et arts), et pas seulement de la faculté de médecine. Ici, le Docteur vient plutôt de la faculté des arts et n'est pas un docteur en médecine.
25   Titre qu'on donne à une femme mariée qui n'est pas noble.
26   Supporter, tolérer.
27   Le style de la suivante change aussi, par rapport aux propos galants de Valère !

Scène 4
LE BARBOUILLÉ, VALÈRE,
ANGÉLIQUE, CATHAU

ANGÉLIQUE

Mademoiselle, je suis au désespoir [7 r°] de vous apporter de si méchantes[28] nouvelles ; mais aussi bien les auriez-vous apprises de quelque autre. Et puisque votre frère est fort malade…

ANGÉLIQUE

Monsieur, ne m'en dites pas davantage. Je suis votre servante[29] et vous rends grâce de la peine que vous avez prise.

LE BARBOUILLÉ

Ma foi, sans aller chez le notaire, voilà le certificat de mon cocuage[30]. Ah ! ah ! Madame la carogne, je vous trouve avec un homme, après toutes les défenses que je vous ai faites, et vous me voulez envoyer de Gemini en Capricorne[31] !

ANGÉLIQUE

Eh bien ! faut-il gronder pour cela ? Ce Monsieur vient de m'apprendre que mon frère est bien malade. Où est le sujet de querelles ?

CATHAU

Ah ! le voilà venu ! Je m'étonnais bien [7 v°] si nous aurions longtemps du repos[32].

---

28 Mauvaises.
29 Formule de politesse qui marque la déférence, ici pour prendre congé.
30 Pas besoin d'acte par-devant notaire ; ce qu'il voit suffit à certifier son cocuage.
31 Le Barbouillé était sous le signe des *Gémeaux*, qui indique l'union et la concorde ; l'inconduite de sa femme le ferait passer sous le signe du *Capricorne*, constellation zodiacale figurée par un bouc, animal cornu qui convient aux maris trompés porteurs de cornes.
32 Cela m'aurait bien étonnée que nous ayons longtemps du repos.

LE BARBOUILLÉ

Vous vous gâteriez[33], par ma foi, toutes deux, Mesdames les carognes. Et toi, Cathau, tu corromps ma femme : depuis que tu la sers, elle ne vaut pas la moitié de ce qu'elle valait.

CATHAU

Vraiment oui, vous nous la baillez bonne[34].

ANGÉLIQUE

Laisse là cet ivrogne ! Ne vois-tu pas qu'il est si soûl qu'il ne sait ce qu'il dit ?

Scène 5

GORGIBUS, VILLEBREQUIN, ANGÉLIQUE,
CATHAU, LE BARBOUILLÉ

GORGIBUS

Ne voilà pas encore mon maudit gendre qui querelle ma fille ?

VILLEBREQUIN

Il faut savoir ce que c'est.

GORGIBUS

Hé quoi ? toujours se quereller ! Vous [8 r°] n'aurez point la paix dans votre ménage ?

---

33   Vous vous entretiendriez dans le vice, vous vous dépraveriez, vous corrompriez.
34   *La bailler bonne*, c'est chercher à en faire accroire.

LE BARBOUILLÉ

Cette coquine-là m'appelle ivrogne. Tiens, je suis bien tenté de te bailler une quinte major[35], en présence de tes parents.

GORGIBUS

Je dédonne au diable l'escarcelle[36], si vous l'aviez fait.

ANGÉLIQUE

Mais aussi, c'est lui qui commence toujours à…

CATHAU

Que maudite soit l'heure que vous avez choisi ce grigou !

VILLEBREQUIN

Allons, taisez-vous, la paix !

Scène 6

LE DOCTEUR, VILLEBREQUIN, GORGIBUS,
CATHAU, ANGÉLIQUE, LE BARBOUILLÉ

LE DOCTEUR

Qu'est ceci ? Quel désordre ! quelle querelle ! quel grabuge ! quel vacarme ! quel bruit[37] ! quel différend ! quelle combustion[38] ! Qu'y a-t-il, [8 v°] Messieurs ? Qu'y a-t-il ? Qu'y a-t-il ? Çà, çà, voyons un peu s'il n'y a pas moyen de

---

35   Une *quinte majeure*, au jeu du piquet, est une suite de cinq cartes de même couleur commençant par l'as. Le Barbouillé menace sa femme d'une gifle magistrale des cinq doigts.

36   Les commentateurs butent sur cette formule, que Despois traduit ainsi : « Je rends la bourse et l'envoie au diable (*i.e.* : maudit soit ce riche mariage) si vous avez fait ce qu'il vous reproche » ; comme pour se préserver des dangers de l'invocation au diable (je donne mon escarcelle au diable), on la nierait en remplaçant *donne* par *dédonne*.

37   Au figuré : quelle querelle.

38   Discorde amenant le trouble.

vous mettre d'accord, que je sois votre pacificateur, que
j'apporte l'union chez vous !

GORGIBUS

C'est mon gendre et ma fille qui ont eu bruit[39] ensemble.

LE DOCTEUR

Et qu'est-ce que c'est ? Voyons, dites-moi un peu la
cause de leur différend !

GORGIBUS

Monsieur...

LE DOCTEUR

Mais en peu de paroles.

GORGIBUS

Oui-da. Mettez donc votre bonnet.

LE DOCTEUR

Savez-vous d'où vient le mot *bonnet ?*

GORGIBUS

Nenni.

LE DOCTEUR

Cela vient de *bonum est*, « bon est, voilà qui est bon »,
parce qu'il garantit des [9 r°] catarrhes et fluxions[40].

---

39 Querelle.
40 Ces deux termes techniques de la médecine désignent ici essentielle-
    ment le rhume et ses manifestations, dont garantit le port du bonnet.
    L'étymologie de bonnet est encore fantaisiste !

GORGIBUS

Ma foi, je ne savais pas cela.

LE DOCTEUR

Dites donc vite cette querelle !

GORGIBUS

Voici ce qui est arrivé…

LE DOCTEUR

Je ne crois pas que vous soyez homme à me tenir longtemps, puisque je vous en prie. J'ai quelques affaires pres-
santes qui m'appellent à la ville ; mais pour remettre la
paix dans votre famille, je veux bien m'arrêter un moment.

GORGIBUS

J'aurai fait en un moment.

LE DOCTEUR

Soyez donc bref !

GORGIBUS

Voilà qui est fait incontinent[41].

LE DOCTEUR

Il faut avouer, Monsieur Gorgibus, que c'est une belle
qualité que de dire les [9 v°] choses en peu de paroles, et que
les grands parleurs, au lieu de se faire écouter, se rendent
le plus souvent si importuns qu'on ne les entend point :
Virtutem primam esse puta compescere linguam[42]. Oui, la plus
belle qualité d'un honnête homme, c'est de parler peu.

───────────

41   Aussitôt.
42   « Croyez que la première vertu est de retenir sa langue. » Ce vers est un
     adage ancien, souvent repris.

GORGIBUS

Vous saurez donc…

LE DOCTEUR

Socrate[43] recommandait trois choses fort soigneusement à ses disciples : la retenue dans les actions, la sobriété dans le manger, et de dire les choses en peu de paroles. Commencez donc, Monsieur Gorgibus !

GORGIBUS

C'est ce que je veux faire.

LE DOCTEUR

En peu de mots, sans façon, sans vous amuser[44] à beaucoup de discours, tranchez-moi d'un apophtegme[45] ! Vite, vite, Monsieur Gorgibus, dépêchons, évitez la prolixité !

GORGIBUS   [10 r°]

Laissez-moi donc parler !

LE DOCTEUR

Monsieur Gorgibus, touchez là[46] ! Vous parlez trop ; il faut que quelque autre me dise la cause de leur querelle.

VILLEBREQUIN

Monsieur le Docteur, vous saurez que…

---

43 Le manuscrit porte *Socrates*, car le Docteur devait prononcer à la grecque *Socratès*.
44 Vous attarder.
45 Coupez court aux longs discours par quelque formule concise comme un *apophtegme*.
46 *Toucher là, toucher dans la main* marquent l'accord ; mais la locution peut s'employer par antiphrase, comme ici, pour rompre et couper court.

LE DOCTEUR

Vous êtes un ignorant, un indocte[47], un homme ignare de toutes les bonnes disciplines[48], un âne en bon français. Hé quoi ? Vous commencez la narration sans avoir fait un mot d'exorde[49]. Il faut que quelque autre me conte le désordre. Mademoiselle, contez-moi un peu le détail de ce vacarme[50].

ANGÉLIQUE

Voyez-vous bien là mon gros coquin, mon sac à vin de mari ?

LE DOCTEUR

Doucement, s'il vous plaît ! Parlez avec respect de votre époux, quand vous êtes devant la moustache d'un docteur comme moi.

ANGÉLIQUE

Ah ! vraiment oui, docteur ! Je me moque [10 v°] bien de vous et de votre doctrine[51], et je suis docteur quand je veux.

LE DOCTEUR

Tu es docteur quand tu veux, mais je pense que tu es un plaisant docteur. Tu as la mine de suivre fort ton caprice. Des parties d'oraison, tu n'aimes que la conjonction ; des genres, le masculin ; des déclinaisons, le génitif ; de la syntaxe, *mobile cum fixo* ; et enfin de la quantité, tu n'aimes que le dactyle, *quia constat ex una longa et duabus*

---

47 *Indoctus*, ignorant.
48 Ignorant de toutes les sciences.
49 En bonne rhétorique, tout récit doit commencer par une entrée en matière, un exorde.
50 Criaillerie, querelle.
51 Science.

brevibus[52]. Venez ça, vous ! Dites-moi un peu quelle est la cause, le sujet de votre combustion.

LE BARBOUILLÉ

Monsieur le docteur…

LE DOCTEUR

Voilà qui est bien commencé : « Monsieur le docteur ! » Ce mot de docteur a quelque chose de doux à l'oreille, quelque chose plein d'emphase : « Monsieur le docteur ! »

LE BARBOUILLÉ

À la mienne volonté…

LE DOCTEUR   [11 r°]

Voilà qui est bien : « à la mienne volonté » ! La volonté présuppose le souhait, le souhait présuppose des moyens pour arriver à ses fins, et la fin présuppose un objet. Voilà qui est bien : « à la mienne volonté » !

LE BARBOUILLÉ

J'enrage.

LE DOCTEUR

Ôtez-moi ce mot : « j'enrage » ! Voilà un terme bas et populaire.

---

52   Joli mélange, digne d'un Bruscambille ou d'un Tabarin, entre la grammaire et la gauloiserie ! Les parties d'oraison, ou parties du discours, sont le nom, le verbe, l'adverbe, la préposition, la conjonction, etc. ; Angélique aime surtout la *conjonction* – mot à prendre au sens sexuel. Même chose pour le cas de la déclinaison des mots qu'est le *génitif*, rapporté par l'équivoque à *genetivus*, « qui engendre ». *Mobile cum fixo* (« le mobile avec le fixe ») et le *dactyle* (pied usuel du vers latin qui est composé, comme le dit la citation latine, d'une syllabe longue et de deux brèves) renvoient aussi au membre masculin et à l'activité de ces « parties vergogneuses » comme on disait alors.

LE BARBOUILLÉ

Hé ! Monsieur le docteur, écoutez-moi, de grâce !

LE DOCTEUR

Audi, quaeso[53], aurait dit Cicéron.

LE BARBOUILLÉ

Oh ! ma foi, si se rompt[54], si se casse, ou si se brise, je ne m'en mets guère en peine. Mais tu m'écouteras ou je te vais casser ton museau doctoral ; et que diable donc est ceci ?

(Le Barbouillé, Angélique, Gorgibus, Cathau, Villebrequin parlent tous à la fois, voulant dire la cause de la [11 v°] querelle, et le docteur aussi, disant que la paix est une belle chose, et font un bruit confus de leurs voix. Et pendant tout le bruit, le Barbouillé attache le Docteur par le pied et le fait tomber ; le Docteur se doit laisser tomber sur le dos. Le Barbouillé l'entraîne par la corde qu'il lui a attachée au pied et, en l'entraînant, le Docteur doit toujours parler, et compte par ses doigts toutes ses raisons, comme s'il n'était point à terre, alors qu'il ne paraît plus.)

GORGIBUS

Allons, ma fille, retirez-vous chez vous, et vivez bien avec votre mari !

VILLEBREQUIN

Adieu ! Serviteur[55] et bonsoir.

---

53   « Écoute, je te le demande » ; le cuistre traduit la réplique du Barbouillé en latin de Cicéron.
54   Calembour assurément usé entre *Cicéron* et *si se rompt*.
55   Le mot sert à prendre congé de manière rapide et un peu désinvolte.

(Villebrequin Gorgibus et Angélique s'en vont[56]*.)*

Scène 7
VALÈRE, LA VALLÉE

ANGÉLIQUE
Monsieur, je vous suis obligé du soin [12 r°] que vous avez pris, et je vous promets de me rendre à l'assignation que vous me donnez, dans une heure.

LA VALLÉE
Cela ne peut se différer. Et si vous tardez un quart d'heure, le bal sera fini dans un moment, et vous n'aurez pas le bien d'y voir celle que vous aimez, si vous n'y venez tout présentement.

ANGÉLIQUE
Allons donc ensemble de ce pas !

Scène 8

ANGÉLIQUE
Cependant que mon mari n'y est pas, je vais faire un tour à un bal que donne une de mes voisines. Je serai revenue auparavant[57] lui, car il est quelque part au cabaret ; il ne s'apercevra pas que je suis sortie. Ce

---

56 Nous donnons ici la didascalie de 1819, et supprimons corrélativement celle que le manuscrit donne après la liste des personnages de la scène suivante : (« *Angélique s'en va* »). Après la réplique de Villebrequin, la scène se vide entièrement, tandis qu'arrivent Valère et La Vallée (ce personnage est omis dans la liste des acteurs), familier de la voisine d'Angélique qui vient inviter Valère au bal.

57 Avant. L'adverbe *auparavant* était employé comme préposition.

maroufle-là me laisse toute seule à la maison, comme si j'étais son chien.

Scène 9

LE BARBOUILLÉ   [12 vᵒ]
Je savais bien que j'aurais raison de ce diable de Docteur, et de toute sa fichue doctrine. Au diable l'ignorant ! J'ai bien renvoyé toute la science par terre. Il faut pourtant que j'aille un peu voir si notre bonne ménagère m'aura fait à souper.

Scène 10[58]

ANGÉLIQUE
Que je suis malheureuse ! J'ai été trop tard, l'assemblée est finie ; je suis arrivée justement comme tout le monde sortait. Mais il n'importe, ce sera pour une autre fois. Je m'en vais cependant au logis comme si de rien n'était. Mais la porte est fermée. Cathau, Cathau !

Scène 11
LE BARBOUILLÉ, *à la fenêtre*, ANGÉLIQUE

LE BARBOUILLÉ
Cathau, Cathau ! Eh bien ! qu'a-t-elle fait, [13 rᵒ] Cathau ? Et d'où venez-vous, Madame la carogne, à l'heure qu'il est et par le temps qu'il fait ?

---

58   Les situations théâtrales qui suivent seront reprises et amplifiées dans *George Dandin*, III, 6 et 7.

ANGÉLIQUE

D'où je viens ? Ouvre-moi seulement et je te le dirai après.

LE BARBOUILLÉ

Oui ? Ah ! ma foi, tu peux aller coucher d'où tu viens,
ou, si tu l'aimes mieux, dans la rue. Je n'ouvre point à une
coureuse comme toi. Comment, diable ! être toute seule,
à l'heure qu'il est[59] ! Je ne sais si c'est imagination, mais
mon front m'en paraît plus rude de moitié[60].

ANGÉLIQUE

Eh bien ! pour être toute seule, qu'en veux-tu dire ?
Tu me querelles quand je suis en compagnie ; comment
faut-il donc faire ?

LE BARBOUILLÉ

Il faut être retirée à la maison, donner ordre au souper,
avoir soin du ménage, des enfants. Mais sans [13 v°] tant
de discours inutiles, adieu, bonsoir, va-t'en au diable et
me laisse en repos !

ANGÉLIQUE

Tu ne veux pas m'ouvrir ?

LE BARBOUILLÉ

Non, je n'ouvrirai pas.

ANGÉLIQUE

Hé ! mon pauvre[61] petit mari, je t'en prie, ouvre-moi,
mon cher petit cœur !

---

59   Comprendre : être toute seule dehors, à une heure où une bonne épouse
      et mère devrait être chez elle et donner soin au ménage !
60   Car il sent les cornes du cocu lui pousser.
61   Le terme ne marque nullement la compassion, mais l'affection,
      qu'Angélique tente de réchauffer chez son mari pour se faire ouvrir.

LE BARBOUILLÉ

Ah, crocodile ! Ah, serpent dangereux ! Tu me caresses pour me trahir.

ANGÉLIQUE

Ouvre, ouvre donc !

LE BARBOUILLÉ

Adieu ! *Vade retro, Satanas*[62] !

ANGÉLIQUE

Quoi ? Tu ne m'ouvriras point ?

LE BARBOUILLÉ

Non.

ANGÉLIQUE

Tu n'as point de pitié de ta femme, [14 r°] qui t'aime tant ?

LE BARBOUILLÉ

Non, je suis inflexible. Tu m'as offensé, je suis vindicatif comme tous les diables, c'est-à-dire bien fort ; je suis inexorable.

ANGÉLIQUE

Sais-tu bien que si tu me pousses à bout, et que tu me mettes en colère, je ferai quelque chose dont tu te repentiras ?

LE BARBOUILLÉ

Et que feras-tu, bonne chienne ?

---

62 « Retire-toi, Satan ! » Comparée à un crocodile puis à un serpent, Angélique est enfin assimilée au diable que la formule d'exorcisme doit chasser.

ANGÉLIQUE

Tiens, si tu ne m'ouvres, je m'en vais me tuer devant la porte. Mes parents, qui sans doute viendront ici auparavant de se coucher pour savoir si nous sommes bien ensemble, me trouveront morte, et tu seras pendu.

LE BARBOUILLÉ

Ah, ah, ah, ah, la bonne bête ! Et qui y perdra le plus de nous deux ? Va, va, tu n'es pas si sotte que de [14 v°] faire ce coup-là.

ANGÉLIQUE

Tu ne le crois donc pas ? Tiens, tiens, voilà mon couteau tout prêt ; si tu ne m'ouvres, je m'en vais tout à cette heure m'en donner dans le cœur.

LE BARBOUILLÉ

Prends garde, voilà qui est bien pointu !

ANGÉLIQUE

Tu ne veux donc pas m'ouvrir ?

LE BARBOUILLÉ

Je t'ai déjà dit vingt fois que je n'ouvrirai point. Tue-toi, crève, va-t'en au diable, je ne m'en soucie pas.

ANGÉLIQUE, *faisant semblant de se frapper*

Adieu donc !… Aïe ! je suis morte.

LE BARBOUILLÉ

Serait-elle bien assez sotte pour avoir fait ce coup-là ? Il faut que je descende avec la chandelle pour aller voir.

ANGÉLIQUE

Il faut que je t'[63]attrape. Si je peux [15 r°] entrer dans la maison subtilement, cependant que tu me chercheras, chacun aura bien son tour.

LE BARBOUILLÉ

Eh bien ! ne savais-je pas bien qu'elle n'était pas si sotte ? Elle est morte, et si[64] elle court comme le cheval de Pacolet[65]. Ma foi, elle m'avait fait peur tout de bon. Elle a bien fait de gagner au pied[66] ; car si je l'eusse trouvée en vie, après m'avoir fait cette frayeur-là, je lui aurais apostrophé cinq ou six clystères de coups de pied dans le cul, pour lui apprendre à faire la bête. Je m'en vais me coucher cependant. Oh ! oh ! je pense que le vent a fermé la porte. Hé ! Cathau, Cathau, ouvre-moi !

ANGÉLIQUE

Cathau ! Cathau ! Eh bien ! qu'a-t-elle fait, Cathau ? Et d'où venez-vous, Monsieur l'ivrogne ? Ah ! vraiment, va, mes parents, qui vont venir dans un [15 v°] moment, sauront tes vérités. Sac à vin infâme, tu ne bouges du cabaret, et tu laisses une pauvre femme avec des petits enfants, sans savoir s'ils ont besoin de quelque chose, à croquer le marmot[67] tout le long du jour.

---

63   Le manuscrit peut être aussi bien lu *je l'attrape*.

64   Et pourtant.

65   C'est-à-dire : très vite. Le nain Pacolet, par magie, avait fait de son cheval de bois la monture la plus rapide pour se transporter par air ; Pacolet figure dans un roman de chevalerie devenu populaire, *Valentin et Orson*.

66   De se sauver.

67   *Croquer le marmot*, c'est attendre longtemps, comme les compagnons peintres qui, en attendant quelqu'un, « se désennuient à tracer sur les murailles quelques marmots ou traits grossiers de quelque figure » – ce qu'on appelle *croquer le marmot* (Furetière).

LE BARBOUILLÉ
Ouvre vite, diablesse que tu es, ou je te casserai la tête !

Scène 12
GORGIBUS, VILLEBREQUIN, ANGÉLIQUE,
LE BARBOUILLÉ

GORGIBUS
Qu'est ceci ? toujours de la dispute, de la querelle et de la dissension !

VILLEBREQUIN
Hé quoi ? vous ne serez jamais d'accord ?

ANGÉLIQUE
Mais voyez un peu, le voilà qui est soûl et revient, à l'heure qu'il est, faire un vacarme horrible ; il me menace.

GORGIBUS   [16 rº]
Mais aussi ce n'est pas là l'heure de revenir. Ne devriez-vous pas, comme un bon père de famille, vous retirer de bonne heure, et bien vivre avec votre femme ?

LE BARBOUILLÉ
Je me donne au diable si j'ai sorti[68] de la maison ; et demandez plutôt à ces Messieurs qui sont là-bas dans le parterre. C'est elle qui ne fait que de revenir. Ah ! que l'innocence est opprimée !

VILLEBREQUIN
Çà, çà ! Allons, accordez-vous ; demandez-lui pardon !

_____

68   Au XVIIᵉ siècle, le verbe *sortir*, normalement conjugué avec être, peut aussi l'être avec *avoir*.

LE BARBOUILLÉ

Moi, pardon ! J'aimerais mieux que le diable l'eût empor-
tée. Je suis dans une colère que[69] je ne me sens pas.

GORGIBUS

Allons, ma fille, embrassez votre mari et soyez bons amis !

Scène 13 ET DERNIÈRE   [16 v°]
LE DOCTEUR, *à la fenêtre, en bonnet de nuit*
et en camisole[70], LE BARBOUILLÉ, VILLEBREQUIN,
GORGIBUS, ANGÉLIQUE

LE DOCTEUR

Hé quoi ! toujours du bruit, du désordre, de la dissension,
des querelles, des débats, des différends, des combustions,
des altercations[71] éternelles ? Qu'est-ce ? qu'y a-t-il donc ?
On ne saurait avoir du repos.

VILLEBREQUIN

Ce n'est rien, Monsieur le Docteur. Tout le monde est
d'accord.

LE DOCTEUR

À propos d'accord, voulez-vous que je vous lise un
chapitre d'Aristote[72], où il prouve que toutes les parties
de l'univers ne subsistent que par l'accord qui est entre
elles ?

---

69 Telle que.
70 Petit vêtement court et à manches, qu'on peut mettre la nuit comme le
    jour.
71 Le manuscrit répète *des combustions* et donne *actractions* qu'il faut lire
    altercations.
72 Ce pourrait être le chapitre v du traité *Du monde*, attribué à Aristote.

VILLEBREQUIN

Cela est-il bien long ?

LE DOCTEUR   [17 v°]

Non, cela n'est pas long : cela contient environ soixante
ou quatre-vingts pages.

VILLEBREQUIN

Adieu, bonsoir ! Nous vous remercions.

GORGIBUS

Il n'en est pas de besoin.

LE DOCTEUR

Vous ne le voulez pas ?

GORGIBUS

Non.

LE DOCTEUR

Adieu donc, puisqu'ainsi est ! Bonsoir ! *Latine : bona nox*[73] !

VILLEBREQUIN

Allons-nous-en souper ensemble, nous autres.

Fin
de *La Jalousie du Barbouillé*

---

73   « En latin : bonne nuit ! »

LE MÉDECIN VOLANT

INTRODUCTION

L'authenticité moliéresque du *Médecin volant* paraît plus incontestable aux critiques du soupçon ; George Forestier et Claude Bourqui soupçonnent néanmoins que notre manuscrit ne donne pas l'état du texte qui fut joué dans les provinces par la troupe de Molière, mais un état plus tardif, à cause du nom du valet volant, Sganarelle, qu'ils pensent n'être pas originel[1]. Peu importe, en fait : la farce est bien de Molière et fait bien partie du répertoire déjà joué dans les provinces.

Plusieurs *Medico volante* sont signalés – pièces ou canevas de la *commedia dell'arte*, où le faux médecin volait d'ailleurs littéralement – depuis le début du siècle ; le célèbre Domenico Biancolelli en donna un à Paris après 1660. Un père berné, des amoureux sympathiques mais assez fades, un valet qui met son astuce à leur service : voilà l'univers italien. Molière en reprend les éléments dans cette farce, dont des représentations sont mentionnées entre 1659 – la première signalée ayant eu lieu au Louvre, pour le roi, décidément amateur de farces ! – et 1664. Signe du succès du sujet : les autres théâtres parisiens firent brocher un *Médecin volant* à quelques dramaturges ; Boursault en fit une version versifiée pour l'Hôtel de Bourgogne.

---

1 *Op. cit.*, p. 1719-1721. Le nom de Sganarelle aurait été utilisé par Molière pour la première fois dans *Sganarelle, ou Le Cocu imaginaire*, en 1660 ; dans la farce du *Médecin volant*, le nom originel du valet aurait été Mascarille.

Deux personnages peuvent retenir l'attention dans cette farce de Molière : Gorgibus et Sganarelle.

Molière sera très longtemps fidèle au personnage du père berné[2] qui remplit, dans l'intrigue de la comédie, la fonction d'obstacle ; après le Gorgibus du *Médecin volant*, il y aura les pères de *L'Amour médecin*, du *Médecin malgré lui* – tous deux victimes de la même imposture médicale –, de *Monsieur de Pourceaugnac* et des *Fourberies de Scapin*. Sans compter – mais alors, la fonction de père opposant n'est plus qu'un socle sur lequel se dressent des créations géniales, hors de toute tradition – ces pères butés que sont un Orgon, un Monsieur Jourdain ou un Argan. Gorgibus n'atteint pas ces sommets ! Comme le Sganarelle de *L'Amour médecin* et le Géronte du *Médecin malgré lui*, Gorgibus est joué par sa fille qui feint la maladie ; sa tendresse naïve la voit déjà morte. Mais sa crédulité ne s'arrête pas là : les boniments burlesques du faux médecin ne l'inquiètent pas, ni l'existence de ce jumeau supposé que s'invente le médecin Sganarelle surpris dans ses habits de valet. Tant de confiance permet aux jeunes gens de se rejoindre.

Mais le rôle scéniquement le plus brillant de la farce était tenu par Sganarelle, c'est-à-dire par l'acteur Molière. C'est la première apparition (ou un avatar par changement de nom) de ce personnage nouveau, de ce type[3] créé par Molière et qui se fixa mieux, en effet, dans ses traits psychologiques et scéniques, à partir de *Sganarelle, ou Le Cocu imaginaire*. Dans notre farce, Sganarelle est un valet, et qui ne paraît pas d'abord très fin. Mais devant jouer un rôle et se déguiser en médecin, puis devant jouer un second

---

2   Voir Charles Mazouer, *Le Personnage du naïf dans le théâtre comique du Moyen Âge à Marivaux*, 1979, p. 182-188.

3   Jean-Michel Pelous, « Les métamorphoses de Sganarelle : la permanence d'un type comique », *R.H.L.F.*, 1972, n° 5-6, p. 821-849.

rôle, celui de Narcisse, frère supposé de ce faux médecin, Sganarelle passe de la maladresse amusante à une habileté étourdissante. Une première série de scènes (scènes 4 à 8) fait rire des balourdises de l'ignorant et inculte valet dans son rôle d'emprunt ; à partir de la scène 11, la farce repose uniquement sur la virtuosité technique du comédien qui interprète Sganarelle, jouant alternativement deux rôles, quittant et remettant à toute vitesse son habit de médecin, sautant par la fenêtre, faisant croire à l'existence simultanée de lui-même et de son jumeau en mettant un chapeau et une fraise au bout de son coude – et cela de plus en plus vite, jusqu'au moment où il est surpris. Performance d'acteur que ces rôles d'emprunt, avec le déguisement : déguisement du costume et déguisement de la voix[4]. Performance réservée à la farce ? Que non pas : Toinette, la jeune suivante de la dernière comédie de Molière, reprendra le jeu de Sganarelle (*Le Malade imaginaire*, III, 8-10).

Il n'est pas surprenant que le grand farceur italien du XXe siècle Dario Fo, appelé à mettre en scène, en 1990, la farce de Molière pour la Comédie-Française, ait accentué les lignes du jeu farcesque : la bêtise du père, la maladresse, d'abord, de Sganarelle, puis sa rapidité – son envol, devrait-on dire, car Dario Fo faisait exactement voler Sganarelle, vrai médecin volant, au bout d'une corde[5] !

Se présentant peut-être un peu davantage parfois comme un canevas à développer – mais, encore une fois, le dialogue des deux farces est pour ainsi dire entièrement écrit –, *Le Médecin volant*, au-delà de la spécificité des deux fables et

---

4   Charles Mazouer, « Molière et la voix de l'acteur », *Littératures classiques*, n° 12, janvier 1990, p. 261-274.

5   Voir l'édition du *Médecin malgré lui* et du *Médecin volant*, illustrations de Dario Fo, tirées de ses carnets de mise en scène, Paris, Imprimerie nationale, 1991 (Le spectateur français).

de leurs personnages, présente des qualités communes avec *La Jalousie du Barbouillé*, qui sont aussi celles des meilleures des anciennes farces : action vive, structurée et rythmée, jeu du déguisement, personnages typés, parfois poussés au ridicule et à la caricature, dialogue familier et vivant, le tout devant engendrer le rire puisqu'un bon tour est joué à quelque naïf.

Molière excella d'abord, et continua d'exceller dans la farce. De Visé en témoigne : « Molière fit des farces qui réussirent un peu plus que des farces et qui furent plus estimées dans toutes les villes que celles que les autres comédiens jouaient[6] ».

Comme pour *La Jalousie du Barbouillé*, notre texte de base est le manuscrit de la Mazarine ; *Le Médecin volant* se trouve aux folios 17 v°-32 v°. L'édition de 1819 par Viollet-le-Duc est toujours utile pour les didascalies.

---

6   *Nouvelles Nouvelles*, 1663 (cité par Gustave Michaut, *op. cit.*, p. 219).

LE MÉDECIN VOLANT [17 v°]

ACTEURS

VALÈRE, amant[1] de Lucile.

SABINE, cousine de Lucile.

SGANARELLE[2], valet de Valère.

GORGIBUS[3], père de Lucile.

GROS-RENÉ[4], valet de Gorgibus.

LUCILE, fille de Gorgibus.

UN AVOCAT.

---

1   *L'amant* est un amoureux payé de retour.
2   On trouvera six apparitions de ce type comique créé par Molière, qui
     jouera lui-même les rôles de Sganarelle, jusqu'en 1666. Après *Le Médecin
     volant*, Sganarelle paraît soit comme valet (*Dom Juan*), soit comme bour-
     geois parisien tourmenté par le spectre du cocuage (*Sganarelle*; *L'École
     des maris*), soit comme père bourgeois (*L'Amour médecin*).
3   Voir *supra*, *La Jalousie du Barbouillé*, n. 2, p.52.
4   *Gros-René* est le nom de farce de René Berthelot, connu au théâtre sous
     le nom de Du Parc. Du Parc joua dans la troupe dirigée par Molière en
     province dès 1647 ; à une année près, il lui resta fidèle jusqu'à sa mort
     (1664). Il sera encore Gros-René dans *Sganarelle*.

Scène PREMIÈRE   [18 r°]
VALÈRE, SABINE

VALÈRE

Eh bien ! Sabine, quel conseil me donneras-tu ?

SABINE

Vraiment, il y a bien des nouvelles. Mon oncle veut résolument que ma cousine épouse Villebrequin[5], et les affaires sont tellement avancées, que je crois qu'ils eussent été mariés dès aujourd'hui, si vous n'étiez aimé. Mais comme ma cousine m'a confié le secret de l'amour qu'elle vous porte, et que nous nous sommes vues à l'extrémité par l'avarice de mon vilain oncle, nous nous sommes avisées d'une bonne invention pour différer le mariage. C'est que ma cousine, dès l'heure que je vous parle, contrefait la malade[6] ; et le bon vieillard, qui est assez crédule, m'envoie quérir un médecin. Si vous en pouviez envoyer quelqu'un qui fût [18 v°] de vos bons amis et qui fût de notre intelligence, il conseillerait à la malade de prendre l'air à la campagne. Le bonhomme ne manquera pas de faire loger ma cousine à ce pavillon qui est au bout de notre jardin, et par ce moyen vous pourriez l'entretenir à l'insu de notre vieillard, l'épouser, et le laisser pester tout son soûl avec Villebrequin.

---

5   Voir *supra*, *La Jalousie du Barbouillé*, n. 3, p. 52.

6   Le thème reviendra chez Molière de ces filles qui, pour échapper au mariage voulu par leur père, feignent la maladie : Lucinde dans *L'Amour médecin* et dans *Le Médecin malgré lui*. Et les pères sont toujours crédules.

VALÈRE

Mais le moyen de trouver sitôt un médecin à ma poste[7], et qui voulût tant hasarder pour mon service ? Je te le dis franchement, je n'en connais pas un.

SABINE

Je songe une chose : si vous faisiez habiller votre valet en médecin ? Il n'y a rien de si facile à duper que le bonhomme.

VALÈRE

C'est un lourdaud qui gâtera tout ; [19 r°] mais il faut s'en servir faute d'autre. Adieu ! Je le vais chercher. Où diable trouver ce maroufle à présent ? Mais le voici tout à propos.

Scène 2
VALÈRE, SGANARELLE

VALÈRE

Ah ! mon pauvre[8] Sganarelle, que j'ai de joie de te voir ! J'ai besoin de toi dans une affaire de conséquence ; mais, comme je ne sais pas ce que tu sais faire…

SGANARELLE

Ce que je sais faire, Monsieur ? Employez-moi seulement en vos affaires de conséquence, en quelque chose d'importance. Par exemple, envoyez-moi voir quelle heure il est à une horloge, voir combien le beurre vaut au marché, abreuver un cheval ; c'est alors que vous connaîtrez ce que je sais faire.

---

7   À ma convenance.
8   Mon cher ; Sganarelle est d'autant plus cher à Valère qu'il va lui être indispensable ! *Cf. La Jalousie du Barbouillé*, sc. 11 et la n. 61.

VALÈRE

Ce n'est pas cela. C'est qu'il faut que tu contrefasses le médecin.

SGANARELLE [19 v°]

Moi, médecin, Monsieur! Je suis prêt à faire tout ce qu'il vous plaira; mais pour faire le médecin, je suis assez votre serviteur[9] pour n'en rien faire du tout. Et par quel bout m'y prendre, bon Dieu? Ma foi, Monsieur, vous vous moquez de moi.

VALÈRE

Si tu veux entreprendre cela, va, je te donnerai dix[10] pistoles.

SGANARELLE

Ah! pour dix pistoles, je ne dis pas que je ne sois médecin. Car, voyez-vous bien, Monsieur, je n'ai pas l'esprit tant, tant subtil[11], pour vous dire la vérité. Mais quand je serai médecin, où irai-je?

VALÈRE

Chez le bonhomme Gorgibus, voir sa fille qui est malade. Mais tu es un lourdaud qui, au lieu de bien faire, pourrait bien...

---

9 Jeu habituel sur les mots : Sganarelle est effectivement le serviteur de Valère, mais il emploie aussi l'expression *je suis votre serviteur* comme formule de refus.

10 Le manuscrit a *des* par erreur; il faut rétablir *dix*, comme indiqué partout dans la suite.

11 Pourquoi cet aveu de son esprit épais? Pour s'excuser de n'avoir pas tout de suite compris qu'il gagnerait des pistoles en acceptant de faire le médecin et d'avoir d'abord refusé? Ou, plus simplement et plus probablement, pour souligner que, même s'il accepte finalement par appât du gain, il se sent trop lourdaud pour bien jouer ce rôle?

SGANARELLE

[20 r°] Hé, mon Dieu, Monsieur, ne soyez point en peine ! Je vous réponds que je ferai aussi bien mourir une personne qu'aucun médecin qui soit dans la ville. On dit un proverbe, d'ordinaire : *Après la mort le médecin*[12] ; mais vous verrez que si je m'en mêle, on dira : *Après le médecin, gare la mort !* Mais néanmoins, quand je songe, cela est bien difficile de faire le médecin ; et si je ne fais rien qui vaille... ?

VALÈRE

Il n'y a rien de si facile en cette rencontre[13] : Gorgibus est un homme simple, grossier, qui se laissera étourdir de ton discours, pourvu que tu parles d'Hippocrate et de Galien[14], et que tu sois un peu effronté.

SGANARELLE

C'est-à-dire qu'il lui faudra parler philosophie, mathématique. Laissez-moi faire ! S'il est un homme facile[15], comme vous le dites, je vous réponds de tout. Venez seulement me faire avoir [20 v°] un habit de médecin, et m'instruire de ce qu'il faut faire, et me donner mes licences[16], qui sont les dix pistoles promises.

---

12 Pour dire qu'on apporte le remède à une affaire quand il est trop tard.
13 En cette circonstance.
14 Les deux grands médecins grecs de l'Antiquité, dont l'enseignement servait de référence à la médecine du temps.
15 Qui se laisse docilement mener, manœuvrer.
16 Sganarelle n'aura guère peiné à la Faculté de médecine pour obtenir ses *licences*, ses *lettres de licence*, afin d'accéder au degré de licencié !

Scène 3
GORGIBUS, GROS-RENÉ

GORGIBUS

Allez vitement chercher un médecin, car ma fille est bien malade, et dépêchez-vous !

GROS-RENÉ

Que diable aussi ! Pourquoi vouloir donner votre fille à un vieillard ? Croyez-vous que ce ne soit pas le désir qu'elle a d'avoir un jeune homme qui la travaille ? Voyez-vous la connexité qu'il y a, etc. *(Galimatias*[17].*)*

GORGIBUS

Va-t'en vite ! Je vois bien que cette maladie-là reculera bien les noces.

GROS-RENÉ

Et c'est ce qui me fait enrager : je croyais refaire mon ventre d'une bonne carrelure[18], [21 r°] et m'en voilà sevré. Je m'en vais chercher un médecin pour moi aussi bien que pour votre fille ; je suis désespéré.

Scène 4
SABINE, GORGIBUS, SGANARELLE

SABINE

Je vous trouve à propos, mon oncle, pour vous apprendre une bonne nouvelle. Je vous amène le plus habile médecin

---

17 Selon la tradition de ce genre de théâtre farcesque et populaire, les acteurs pouvaient improviser en dehors du canevas ou du dialogue incomplètement écrit. Gros-René se lançait librement dans un discours embrouillé (*galimatias*).

18 Selon Furetière, une *carrelure de ventre* est « un bon repas qu'un goinfre ou un parasite ont été faire quelque part et qui ne leur a rien coûté ».

du monde, un homme qui vient des pays étrangers, qui
sait les plus beaux secrets, et qui sans doute guérira ma
cousine. On me l'a indiqué par bonheur, et je vous l'amène.
Il est si savant que je voudrais de bon cœur être malade,
afin qu'il me guérît.

GORGIBUS

Où est-il donc ?

SABINE

Le voilà qui me suit ; tenez, le voilà !

GORGIBUS

Très humble serviteur à Monsieur le [21 v°] médecin !
Je vous envoie quérir pour voir ma fille, qui est malade.
Je mets toute mon espérance en vous.

SGANARELLE

Hippocrate dit, et Galien par vives raisons persuade
qu'une personne ne se porte pas bien quand elle est
malade. Vous avez raison de mettre votre espérance en
moi, car je suis le plus grand, le plus habile, le plus docte
médecin qui soit dans la faculté végétale, sensitive et
minérale[19].

GORGIBUS

J'en suis fort ravi.

---

19   Malgré un docte début, le faux médecin tombe vite dans de belles pla-
      titudes, et la fin de son couplet n'est pas bien claire. Il y a assurément
      jeu sur les mots, *faculté* renvoyant à la fois à l'Université et aux capacités,
      aux domaines ; à la suite d'Aristote, on distingue les facultés sensitive,
      minérale, végétale ou végétative. Il faut peut-être comprendre aussi que
      le faux médecin utilise des remèdes tirés des végétaux, des animaux et
      des minéraux, selon la suggestion de Georges Couton.

SGANARELLE

Ne vous imaginez pas que je sois un médecin ordinaire, un médecin du commun. Tous les autres médecins ne sont, à mon égard, que des avortons de médecine. J'ai des talents particuliers, j'ai des secrets. *Salamalec, salamalec.* « Rodrigue, as-tu du cœur ? » *Signor, si : segnor, non. Per omnia saecula saeculorum*[20]. [22 r°] Mais encore, voyons un peu[21].

SABINE

Hé ! ce n'est pas lui qui est malade, c'est sa fille.

SGANARELLE

Il n'importe : le sang du père et de la fille ne sont qu'une même chose ; et par l'altération de celui du père, je puis connaître la maladie de la fille. Monsieur Gorgibus, y aurait-il moyen de voir de l'urine de l'égrotante[22] ?

GORGIBUS

Oui-da. Sabine, vite, allez quérir de l'urine de ma fille ! Monsieur le médecin, j'ai grand-peur qu'elle ne meure.

---

20 Il tombe cette fois dans le galimatias, mêlant au célèbre hémistiche du *Cid* (v. 263), des mots arabes (*salamalec* = « la paix soit avec toi »), italien, espagnols, et même du latin d'Église (le *per omnia saecula saeculorum*, « dans les siècles des siècles », est la formule de conclusion des prières) !

21 Ici, Sganarelle prend le pouls de Gorgibus, du père donc, et non de sa fille malade. Même jeu de la part du faux médecin Clitandre, dans *L'Amour médecin* (III, 5).

22 *L'égrotante* est la malade (mot calqué sur le participe présent du verbe latin *aegrotare*, « être malade »). L'examen des urines, dont la tradition comique tire, depuis la farce médiévale, des effets peu délicats mais irrésistibles, tenait une grande place dans la médecine de l'époque.

SGANARELLE

Ah ! qu'elle s'en garde bien ! Il ne faut pas qu'elle s'amuse
à se laisser mourir sans l'ordonnance du médecin[23]. [(*Sabine
rentre*[24].)] Voilà de l'urine qui marque grande chaleur,
grande inflammation dans les intestins. Elle n'est pas tant
mauvaise pourtant.

GORGIBUS

Hé quoi ? Monsieur, vous l'avalez ?

SGANARELLE   [22 v°]

Ne vous étonnez pas de cela ! Les médecins, d'ordinaire,
se contentent de la regarder ; mais moi, qui suis un médecin
hors du commun, je l'avale, parce qu'avec le goût je discerne
bien mieux la cause et les suites de la maladie[25]. Mais, à
vous dire la vérité, il y en avait trop peu pour asseoir un
bon jugement. Qu'on la fasse encore pisser !

SABINE [*sort et revient*]

J'ai bien eu de la peine à la faire pisser.

SGANARELLE

Que cela ? Voilà bien de quoi ! Faites-la pisser copieusement, copieusement. Si tous les malades pissent de la sorte,
je veux être médecin toute ma vie.

---

23 Trait repris dans *Le Médecin malgré lui* (II, 4).
24 Elle apporte les urines. Cette didascalie est donnée seulement en 1819,
    comme les deux suivantes. Dans un certain nombre de cas, en particulier
    dans les six dernières scènes, nous empruntons à l'édition de 1819 les
    didascalies qu'elle juge à bon droit nécessaires pour la compréhension
    des mouvements scéniques, mais que le manuscrit ne porte pas.
25 Les médecins examinaient le volume, la couleur, l'odeur, voire aussi le
    goût de l'urine. Quant à l'avaler (ou à avaler ce qui tient lieu d'urine
    sur la scène) comme Sganarelle, c'est un jeu de tréteaux !

SABINE [*sort et revient*]

Voilà tout ce qu'on peut avoir ; elle ne peut pas pisser davantage.

SGANARELLE

Quoi ? Monsieur Gorgibus, votre fille ne [23 r°] pisse que des gouttes ! Voilà une pauvre pisseuse que votre fille ; je vois bien qu'il faudra que je lui ordonne une potion pissative[26]. N'y aurait-il pas moyen de voir la malade ?

SABINE

Elle est levée ; si vous voulez, je la ferai venir.

Scène 5

LUCILE, SABINE, GORGIBUS, SGANARELLE

SGANARELLE

Eh bien ! Mademoiselle, vous êtes malade ?

LUCILE

Oui, Monsieur.

SGANARELLE

Tant pis ! C'est une marque que vous ne vous portez pas bien. Sentez-vous de grandes douleurs à la tête, aux reins ?

LUCILE

Oui, Monsieur.

---

26 Jeu avec les mots de la même famille : *pisser*, *pisseuse*, et le dérivé forgé *pissative* (« qui fait pisser »).

SGANARELLE

C'est fort bien fait. Oui, ce grand médecin, au chapitre qu'il a fait de la nature des [23 v°] animaux, dit… cent belles choses ; et comme les humeurs qui ont de la connexité ont beaucoup de rapport ; car, par exemple, comme la mélancolie est ennemie de la joie, et que la bile qui se répand par le corps nous fait devenir jaunes, et qu'il n'est rien plus contraire à la santé que la maladie, nous pouvons dire, avec ce grand homme, que votre fille est fort malade[27]. Il faut que je vous fasse une ordonnance.

GORGIBUS

Vite une table, du papier, de l'encre !

SGANARELLE

Y a-t-il ici quelqu'un qui sache écrire[28] ?

GORGIBUS

Est-ce que vous ne le savez point ?

---

27 Sganarelle est incapable de mener à son terme une phrase ou un raisonnement articulé ; son galimatias dégénère en une énumération décousue d'évidences ou de lapalissades, abruptement conclue par la donnée de départ que son discours aurait dû expliquer. La phrase commence d'ailleurs par une difficulté de lecture du manuscrit, qui porte « oui de ce grand médecin » ; certains (éd. Eugène Despois pour les « Grands écrivains de la France ») ont proposé de lire « Oui-da, ce grand médecin », d'autres (éd. Georges Forestier pour la Pléiade de 2010) « Ovide ce grand médecin ». Cette dernière solution, très ingénieuse, a aussi le mérite d'être simple sur le plan philologique (et d'être intéressante pour manifester l'ignorance de Sganarelle !). Je laisse cependant « Oui, ce grand médecin », peu sûr que je suis que Sganarelle puisse connaître et citer le nom d'Ovide.

28 Maladresse de l'imposteur, qui laisse transparaître son ignorance de valet !

SGANARELLE

Ah! je ne m'en souvenais pas; j'ai tant d'affaires dans la tête que j'oublie la moitié... Je crois qu'il serait nécessaire que votre fille prît un peu l'air, qu'elle se divertît à la campagne.

GORGIBUS

Nous avons un fort beau jardin, et quelques chambres qui y répondent[29]. Si vous [24 r°] le trouvez à propos, je l'y ferai loger.

SGANARELLE

Allons, allons visiter les lieux!

Scène 6

L'AVOCAT

J'ai ouï dire que la fille de Monsieur Gorgibus était malade. Il faut que je m'informe de sa santé et que je lui offre mes services comme ami de toute sa famille. Holà! Holà! Monsieur Gorgibus y est-il?

Scène 7
GORGIBUS, L'AVOCAT

GORGIBUS

Monsieur, votre très humble, etc[30].

---

29 Qui donnent sur ce jardin.
30 Deuxième exemple d'improvisation laissée à l'acteur. Voir *supra*, à la sc. 3, n. 17.

L'AVOCAT

Ayant appris la maladie de Mademoiselle votre fille, je
vous suis venu témoigner la part que j'y prends, et vous
faire offre de tout ce qui dépend de moi.

GORGIBUS

J'étais là-dedans avec le plus savant homme.

L'AVOCAT

N'y aurait-il pas moyen de l'entretenir un moment ?

[Scène 8[31]]
GORGIBUS, L'AVOCAT, SGANARELLE   [24 v°]

GORGIBUS

Monsieur, voilà un fort habile homme de mes amis qui
souhaiterait de vous parler et vous entretenir.

SGANARELLE

Je n'ai pas le loisir, Monsieur Gorgibus : il faut aller
à mes malades. Je ne prendrai pas la droite avec vous,
Monsieur[32].

L'AVOCAT

Monsieur, après ce que m'a dit Monsieur Gorgibus de
votre mérite et de votre savoir, j'ai eu la plus grande passion
du monde d'avoir l'honneur de votre connaissance, et j'ai
pris la liberté de vous saluer à ce dessein. Je crois que vous
ne le trouverez pas mauvais. Il faut avouer que tous ceux qui

---

31   À la place de cette indication de la scène, le ms. donne simplement le
      nom de Gorgibus. Nous rétablissons ce qui est attendu.
32   On laisse la droite à ceux qu'on respecte : Sganarelle s'efface ; on comprend
      qu'il ne tienne pas à une conversation avec L'Avocat !

excellent en quelque science sont dignes de grande louange, et particulièrement ceux qui font profession de la médecine, tant à cause de son utilité que parce qu'elle contient en elle plusieurs autres sciences, ce qui rend sa parfaite connaissance fort difficile ; et c'est fort à propos qu'Hippocrate [25 rº] dit dans son premier aphorisme : « *Vita brevis, ars vero longa, occasio autem praeceps, experimentum periculosum, judicium difficile[33]* ».

SGANARELLE, *à Gorgibus*
Ficile tantina pota baril cambustibus[34].

L'AVOCAT
Vous n'êtes pas de ces médecins qui ne vous appliquez qu'à la médecine qu'on appelle rationale ou dogmatique, et je crois que vous l'exercez tous les jours avec beaucoup de succès : *experientia magistra rerum[35]*. Les premiers hommes qui firent profession de la médecine furent tellement estimés d'avoir cette belle science, qu'on les mit au nombre des dieux pour les belles cures[36] qu'ils faisaient tous les jours. Ce n'est pas qu'on doive mépriser un médecin qui n'aurait pas rendu la santé à son malade, parce qu'elle ne dépend pas absolument de ses remèdes, ni de son savoir : *Interdum docta plus valet arte malum[37]*. Monsieur, j'ai peur de vous être importun : je

---

33 « La vie est brève, l'art est long (*i.e.* long à acquérir), l'occasion fugitive, l'expérience périlleuse, le jugement difficile » (premier des *Aphorismes* d'Hippocrate).

34 Enchaînant sur les trois dernières syllabes entendues, Sganarelle aligne des mots d'un latin parfaitement imaginaire.

35 « C'est l'expérience qui enseigne toute chose. » Par cet adage d'Érasme, L'Avocat loue Sganarelle de fonder sa pratique médicale sur l'expérience empirique, et pas seulement sur le savoir rationnel et dogmatique de la Faculté.

36 Traitements, soins.

37 « Parfois le mal est plus fort que l'art docte » (Ovide, *Pontiques*, livre I, chant III, v. 18).

prends congé de vous, dans [25 v°] l'espérance que j'ai qu'à la première vue[38] j'aurai l'honneur de converser avec vous avec plus de loisir. Vos heures vous sont précieuses, etc[39].

GORGIBUS

Que vous semble de cet homme-là ?

SGANARELLE

Il sait quelque petite chose. S'il fût demeuré tant soit peu davantage, je l'allais mettre sur une matière sublime et relevée. Cependant, je prends congé de vous. [*(Gorgibus lui donne de l'argent.)*] Hé ! que voulez-vous faire ?

GORGIBUS

Je sais bien ce que je vous dois.

SGANARELLE

Vous vous moquez, Monsieur Gorgibus. Je n'en prendrai pas ; je ne suis pas un homme mercenaire. [*(Il prend l'argent[40].)*] Votre très humble serviteur.

[*(Sganarelle sort et Gorgibus rentre dans sa maison.)*]

Scène 9

VALÈRE

Je ne sais ce qu'aura fait Sganarelle. Je n'ai point eu de ses nouvelles, et je suis fort en peine où je le pourrais

---

38   La première fois qu'on se verra.
39   Autre improvisation, comme aux sc. 3 et 7.
40   Cette plaisanterie du médecin qui refuse en paroles ce qu'il accepte en fait est ancienne, et Molière s'en servira encore (p. ex. dans *Le Médecin malgré lui*, II, 4). – Toutes les didascalies ajoutées entre crochets, jusqu'à la fin, viennent de l'éd de 1819.

rencontrer. [*(Sganarelle revient en habit de valet.)*] Mais bon, le voici. Eh bien ! [26 r°] Sganarelle, qu'as-tu fait depuis que je ne t'ai point vu ?

Scène 10
SGANARELLE, VALÈRE

SGANARELLE

Merveille sur merveille ! J'ai si bien fait que Gorgibus me prend pour un habile médecin. Je me suis introduit chez lui et lui ai conseillé de faire prendre l'air à sa fille, laquelle est à présent dans un appartement qui est au bout de leur jardin, tellement qu'elle est fort éloignée du vieillard et que vous pouvez l'aller voir commodément.

VALÈRE

Ah ! que tu me donnes de joie ! Sans perdre de temps, je la vais trouver de ce pas.

SGANARELLE

Il faut avouer que ce bonhomme Gorgibus est un vrai lourdaud de se laisser tromper de la sorte. [*(Apercevant Gorgibus.)*] Ah ! ma foi, tout est perdu : c'est à ce coup que voilà la médecine renversée. Mais il faut que [26 v°] je le trompe.

Scène 11
SGANARELLE, GORGIBUS

GORGIBUS

Bonjour, Monsieur.

SGANARELLE

Monsieur, votre serviteur[41]. Vous voyez un pauvre garçon au désespoir. Ne connaissez-vous pas un médecin qui est arrivé depuis peu en cette ville, qui fait des cures admirables ?

GORGIBUS

Oui, je le connais : il vient de sortir de chez moi.

SGANARELLE

Je suis son frère, Monsieur, nous sommes gémeaux[42] ; et comme nous nous ressemblons fort, on nous prend quelquefois l'un pour l'autre.

GORGIBUS

Je [me] dédonne au diable[43] si je n'y ai été trompé. Et comme[44] vous nommez-vous ?

SGANARELLE

Narcisse, Monsieur, pour vous rendre service. Il faut que vous sachiez qu'étant [27 r°] dans son cabinet, j'ai répandu deux fioles d'essence[45] qui étaient sur le bout de sa table ; aussitôt il s'est mis dans une colère si étrange contre moi, qu'il m'a mis hors du logis et ne me veut plus jamais voir, tellement que je suis un pauvre garçon à présent sans appui, sans support[46], sans aucune connaissance.

---

41 C'est la formule de salutation déférente.

42 Jumeaux.

43 Je me donne au diable (il faut ajouter *me*, omis par le ms.). *Dédonne* atténue le danger de ce juron (voir *supra*, *La Jalousie du Barbouillé*, sc. 5 et la n. 36) ; le *me* a été ajouté par l'éd. de 1819.

44 Comment.

45 Ces fioles contenaient probablement des liquides extraits de végétaux.

46 Secours, appui.

GORGIBUS

Allez, je ferai votre paix ; je suis de ses amis, et je vous promets de vous remettre avec lui. Je lui parlerai d'abord que[47] je le verrai.

SGANARELLE

Je vous serai bien obligé, Monsieur Gorgibus.
[*(Sganarelle sort, et rentre aussitôt avec sa robe de médecin.)*]

Scène 12
SGANARELLE, GORGIBUS

SGANARELLE

Il faut avouer que quand les malades ne veulent pas suivre l'avis du médecin, et qu'ils s'abandonnent à la débauche[48], que…

GORGIBUS

Monsieur le médecin, votre très humble serviteur. Je vous demande une grâce.

SGANARELLE   [27 v°]

Qu'y a-t-il, Monsieur ? Est-il question de vous rendre service ?

GORGIBUS

Monsieur, je viens de rencontrer Monsieur votre frère, qui est tout à fait fâché de…

---

47 Dès que.
48 Aux excès.

SGANARELLE

C'est un coquin, Monsieur Gorgibus.

GORGIBUS

Je vous réponds qu'il est tellement contrit de vous avoir mis en colère…

SGANARELLE

C'est un ivrogne, Monsieur Gorgibus.

GORGIBUS

Hé ! Monsieur, vous voulez désespérer ce pauvre garçon ?

SGANARELLE

Qu'on ne m'en parle plus ! Mais voyez l'impudence de ce coquin-là, de vous aller trouver pour faire son accord[49] ! Je vous prie de ne m'en pas parler.

GORGIBUS

Au nom de Dieu, Monsieur le médecin ! Et faites cela pour l'amour de moi. Si je suis capable de vous obliger en autre chose, je le ferai de bon cœur. Je m'y [28 r°] suis engagé, et…

SGANARELLE

Vous m'en priez avec tant d'insistance que, quoique j'eusse fait serment de ne lui pardonner jamais, allez, touchez là, je lui pardonne. Je vous assure que je me fais grande violence, et qu'il faut que j'aie bien de la complaisance pour vous. Adieu, Monsieur Gorgibus.

---

49 Sa réconciliation avec moi.

GORGIBUS

Monsieur, votre très humble serviteur. Je m'en vais chercher ce pauvre garçon pour lui apprendre cette bonne nouvelle.

Scène 13

VALÈRE, SGANARELLE

VALÈRE

Il faut que j'avoue que je n'eusse jamais cru que Sganarelle se fût si bien acquitté de son devoir. [(*Sganarelle rentre avec ses habits de valet.*)] Ah! mon pauvre garçon, que je t'ai d'obligation! que j'ai de joie! et que...

SGANARELLE

Ma foi, vous parlez fort à votre aise. Gorgibus m'a rencontré; et sans une invention que j'ai trouvée, toute la mèche était découverte[50]. Mais fuyez-vous-en, le voici!

Scène 14   [28 v°]

GORGIBUS, SGANARELLE

GORGIBUS

Je vous cherchais partout pour vous dire que j'ai parlé à votre frère; il m'a assuré qu'il vous pardonnait. Mais, pour en être plus assuré, je veux qu'il vous embrasse en ma présence. Entrez dans mon logis, et je l'irai chercher.

SGANARELLE

Ah! Monsieur Gorgibus, je ne crois pas que vous le trouviez à présent. Et puis je ne resterai pas chez vous : je crains trop sa colère.

---

50 Le secret de mon déguisement était trouvé.

GORGIBUS

Ah ! vous demeurerez, car je vous enfermerai. Je m'en vais à présent chercher votre frère. Ne craignez rien, je vous réponds qu'il n'est plus fâché. [*(Gorgibus sort.)*]

SGANARELLE [, de la fenêtre]

Ma foi, me voilà attrapé ce coup-là ; il n'y a plus moyen de m'en échapper. Le nuage est fort épais, et j'ai bien peur que, s'il vient à crever, il ne grêle sur mon dos force coups de bâton, ou que, par quelque ordonnance plus forte que toutes celles des médecins, on m'applique tout au moins un cautère royal[51] sur les épaules. Mes affaires vont mal ; mais pourquoi se désespérer ? Puisque j'ai tant fait, poussons la fourbe[52] jusqu'au bout. Oui, oui, il en faut encore sortir, et faire voir que Sganarelle est le roi des fourbes[53].

[*(Sganarelle saute par la fenêtre*[54] *et s'en va.)*]

Scène 15

GROS-RENÉ, GORGIBUS, SGANARELLE

GROS-RENÉ

Ah ! ma foi ! Voilà qui est drôle ! Comme diable on saute ici par les fenêtres ! Il faut que je demeure ici et que je voie à quoi tout cela aboutira.

---

51   Le *cautère* est la substance qu'on utilise, ou l'instrument métallique qu'on chauffe pour brûler superficiellement des tissus organiques ou pour détruire une partie malade. Par plaisanterie, la fleur de lys, la marque royale, appliquée au fer rouge pour marquer l'épaule de certains condamnés, était appelée *cautère royal*.

52   La fourberie.

53   Pour sa part, Mascarille se dit *fourbum imperator* (*L'Étourdi*, II, 8, v. 794).

54   Voici notre médecin volant !

GORGIBUS

Je ne saurais trouver ce médecin ; je ne sais où diable il s'est caché. [(*Apercevant Sganarelle, qui revient en habit de médecin.*]*) Mais le voici. Monsieur, ce n'est pas assez d'avoir pardonné à votre frère ; je vous prie, pour ma satisfaction, de l'embrasser. Il est chez moi, et je vous cherchais partout pour vous prier de faire cet accord en ma présence.

SGANARELLE   [29 v°]

Vous vous moquez, Monsieur Gorgibus. N'est-ce pas assez que je lui pardonne ? Je ne le veux jamais voir.

GORGIBUS

Mais, Monsieur, pour l'amour de moi.

SGANARELLE

Je ne vous saurais rien refuser. Dites-lui qu'il descende !

[(*Pendant que Gorgibus entre dans sa maison
par la porte, Sganarelle y rentre par la fenêtre.*)]

GORGIBUS [, *à la fenêtre*]

Voilà votre frère qui vous attend là-bas. Il m'a promis qu'il fera tout ce que je voudrai.

SGANARELLE [, *à la fenêtre*]

Monsieur Gorgibus, je vous prie de le faire venir ici. Je vous conjure que ce soit en particulier que je lui demande pardon, parce que sans doute il me ferait cent hontes et cent opprobres devant tout le monde.

[(*Gorgibus sort de sa maison par la porte,
et Sganarelle par la fenêtre.*)]

GORGIBUS

Oui-da, je m'en vais lui dire. Monsieur, il dit qu'il est honteux et qu'il vous prie d'entrer, afin qu'il vous demande pardon [30 r°] en particulier. Voilà la clef, vous pouvez entrer. Je vous supplie de ne me pas refuser et de me donner ce contentement.

SGANARELLE

Il n'y a rien que je ne fasse pour votre satisfaction : vous allez entendre de quelle manière je le vais traiter[55]. [(*À la fenêtre.*)] Ah! te voilà, coquin! – Monsieur mon frère, je vous demande pardon, je vous promets qu'il n'y a point de ma faute. – Il n'y a point de ta faute, pilier de débauche[56], coquin? Va, je t'apprendrai à vivre. Avoir la hardiesse d'importuner Monsieur Gorgibus, de lui rompre la tête de tes[57] sottises! – Monsieur mon frère... – Tais-toi, te dis-je! – Je ne vous désoblig... – Tais-toi, coquin!

GROS-RENÉ

Qui diable pensez-vous qui soit chez vous à présent?

GORGIBUS

C'est le médecin et Narcisse son frère; ils avaient quelque différend et ils font leur accord.

---

55   On arrive aux merveilleux jeux de scène qui couronnent l'imposture de
      Sganarelle : un seul acteur doit faire croire, à la faveur du changement de
      voix et de quelques éléments de costume, à l'existence de deux person-
      nages contigus, dont l'un est purement imaginaire, en montrant d'abord
      successivement l'un puis l'autre, et enfin en s'efforçant de les donner à voir
      ensemble. D'une manière un peu différente, l'acteur Molière renouvellera
      cette performance dans la fameuse scène du sac des *Fourberies de Scapin* (III,
      2); mais d'autres grands acteurs s'y essayèrent, tels Domenico Biancolelli,
      l'Arlequin du Théâtre italien dans la deuxième moitié du XVIIᵉ siècle.
56   Habitué des débauches.
57   Le manuscrit porte *ses*; il faut adopter la correction de 1819 en *tes*.

GROS-RENÉ   [30 v°]
Le diable emporte[58]! Ils ne sont qu'un.

SGANARELLE [, *à la fenêtre*]
Ivrogne que tu es, je t'apprendrai à vivre. Comme il
baisse la vue! Il voit bien qu'il a failli, le pendard. Ah!
l'hypocrite, comme il fait le bon apôtre!

GROS-RENÉ
Monsieur, dites-lui un peu par plaisir qu'il fasse mettre
son frère à la fenêtre.

GORGIBUS
Oui-da. Monsieur le médecin, je vous prie de faire
paraître votre frère à la fenêtre.

SGANARELLE [, *de la fenêtre*]
Il est indigne de la vue des gens d'honneur; et puis je
ne le saurais souffrir[59] auprès de moi.

GORGIBUS
Monsieur, ne me refusez pas cette grâce, après toutes
celles que vous m'avez faites.

SGANARELLE [, *de la fenêtre*]
En vérité, Monsieur Gorgibus, vous avez [31 r°] un tel
pouvoir sur moi que je ne vous puis rien refuser. Montre,
montre-toi, coquin! [(*Après avoir disparu un moment, il se*

---

58   Que le diable m'emporte!
59   Supporter, admettre.

montre en habit de valet.)] – Monsieur Gorgibus, je suis votre
obligé. [(*Il disparaît encore, et reparaît aussitôt en robe de médecin.)*] – Eh bien ! avez-vous[60] cette image de la débauche ?

GROS-RENÉ

Ma foi, ils ne sont qu'un ; et, pour vous le prouver, dites-
lui un peu que vous les voulez voir ensemble.

GORGIBUS

Mais faites-moi la grâce de le faire paraître avec vous,
et de l'embrasser devant moi à la fenêtre.

SGANARELLE [, *de la fenêtre*]

C'est une chose que je refuserais à tout autre qu'à
vous. Mais, pour vous montrer que je veux tout faire pour
l'amour de vous, je m'y résous, quoique avec peine, et
veux auparavant qu'il vous demande pardon de toutes les
peines qu'il vous a données[61]. – Oui, Monsieur Gorgibus,
je vous demande pardon de vous avoir tant importuné, et
vous [31 v°] promets, mon frère, en présence de Monsieur
Gorgibus que voilà, de faire si bien désormais que vous
n'aurez plus lieu de vous plaindre, vous priant de ne plus
songer à ce qui s'est passé. *(Il embrasse son chapeau et sa fraise
[qu'il a mis au bout de son coude].)*

GORGIBUS

Eh bien ! ne les voilà pas tous deux ?

GROS-RENÉ

Ah ! par ma foi, il est sorcier.

---

60 Tous les éditeurs modernes ajoutent ici *vu*, qui n'est pas dans le ms. et
    n'est pas absolument nécessaire.
61 Après cette réplique, Sganarelle quitte à la dérobée son habit de médecin
    pour réapparaître en valet.

SGANARELLE [, *sortant de la maison, en médecin*]

Monsieur, voilà la clef de votre maison que je vous rends.
Je n'ai pas voulu que ce coquin soit descendu avec moi, parce
qu'il me fait honte : je ne voudrais pas qu'on le vît en ma
compagnie dans la ville, où je suis en quelque réputation.
Vous irez le faire sortir quand bon vous semblera. Je vous
donne le bonjour, et suis votre, etc[62].

> [(*Il feint de s'en aller, et après avoir mis bas sa robe,*
> *rentre dans la maison par la fenêtre.*)]

GORGIBUS

Il faut que j'aille délivrer ce pauvre [32 r°] garçon.
En vérité, s'il lui a pardonné, ce n'a pas été sans le bien
maltraiter.

> [(*Il entre dans sa maison, et en sort*
> *avec Sganarelle en habit de valet.*)]

SGANARELLE

Monsieur, je vous remercie de la peine que vous avez
prise et de la bonté que vous avez eue. Je vous en serai
obligé toute ma vie.

GROS-RENÉ

Où pensez-vous que soit à présent le médecin ?

GORGIBUS

Il s'en est allé.

GROS-RENÉ [, *qui a ramassé la robe de Sganarelle*]

Je le tiens sous mon bras. Voilà le coquin qui faisait le
médecin et qui vous trompe. Cependant qu'il vous trompe

---

62   Ici, l'acteur n'avait à improviser que la fin de la formule de congé !

et joue la farce chez vous, Valère et votre fille sont ensemble,
qui s'en vont à tous les diables.

GORGIBUS

Ah! que je suis malheureux! Mais tu seras pendu,
fourbe, coquin!

SGANARELLE

Monsieur, qu'allez-vous faire de me pendre? [32 v°]
Écoutez un mot, s'il vous plaît. Il est vrai que c'est par
mon invention que mon maître est avec votre fille; mais
en le servant, je ne vous ai point désobligé : c'est un parti
sortable[63] pour elle, tant pour la naissance que pour les biens.
Croyez-moi, ne faites point un vacarme qui tournerait à
votre confusion, et envoyez à tous les diables ce coquin-là,
avec Villebrequin. Mais voici nos amants.

Scène DERNIÈRE
VALÈRE, LUCILE, GORGIBUS, SGANARELLE

VALÈRE

Nous nous jetons à vos pieds.

GORGIBUS

Je vous pardonne, et suis heureusement trompé par
Sganarelle, ayant un si brave gendre[64]. Allons tous faire
noces, et boire à la santé de toute la compagnie!

FIN

---

63 Assorti, convenable.
64 Un gendre excellent.

L'ÉTOURDI,
OU LES
CONTRETEMPS

INTRODUCTION

Selon le Registre de La Grange – mais le fidèle compagnon de Molière n'entra dans la troupe qu'en 1659 –, c'est lors d'un passage à Lyon, en 1655, probablement durant l'été, que Molière a créé sa première comédie littéraire de *L'Étourdi, ou Les Contretemps*. Cinq actes en alexandrins : voilà qui fait de l'illustre comédien et excellent farceur un nouveau poète du théâtre comique.

La reprise parisienne eut lieu, au Petit-Bourbon, en novembre 1658. La comédie, dit toujours La Grange, « passa pour nouvelle à Paris » et « eut un grand succès ». De fait, le tableau des représentations jusqu'à la mort de Molière montre que cette première comédie a été fort appréciée – *admirée*, dit évidemment la spirituelle dédicace signée de l'imprimeur Barbin – à la ville, chez les grands et à la cour. Elle fut même adaptée dès 1667 par l'Anglais Dryden.

Si Molière avait bien pris un privilège pour l'impression en 1660, la comédie ne fut achevée d'imprimer qu'en novembre 1662, donc après toutes les comédies créées par Molière depuis son installation à Paris. Signe d'une prise de distance de Molière à l'égard de ce premier essai, qu'une esthétique nouvelle avait dépassé ? Peut-être. L'impression en tout cas accompagnait le succès de la pièce.

LA SOURCE ITALIENNE

À l'instar de Quinault pour son *Amant indiscret, ou Le Maître étourdi* – mais Molière n'a pu connaître cette comédie jouée à Paris en 1654 et qui n'a été publiée qu'en 1656 –, notre dramaturge adapte une *commedia sostenuta* due à l'acteur de *l'arte* Nicoló Barbieri, dit Beltrame : *L'Inavvertito ovvero Scappino disturbato e Mezzetino travagliato*[1], publiée à Turin une trentaine d'années auparavant, en 1630. Le sous-titre italien et l'introduction de personnages comme Pantalone, Scappino, Beltrame, Mezzettino et Capitano marquent les liens de cette *commedia erudita* avec quelques canevas de la *commedia dell'arte*[2].

Une comparaison attentive des deux œuvres[3] montre déjà la fidélité de Molière à sa source. On retrouve le romanesque méditerranéen qui sert de cadre à l'intrigue amoureuse, avec ses amants rivaux auprès de la même belle captive, ses pères – obstacles ou vieillards amoureux –, son premier *zanni* qui tire d'affaire un maître maladroit par l'invention de ses ruses constamment détruites par ledit maître, et son dénouement par reconnaissance. Mais Molière a beaucoup réduit la comédie italienne fort longue, supprimant et substituant. Et déjà fort bon connaisseur du répertoire comique européen, il a pris son bien ici ou là.

---

1   Texte italien accesible dans deux éditions : 1/ *Commedie dell'arte*, a cura di Siro Ferrone. 2, Milano, Mursia, 1986 (Grande universale Mursia : nuova serie ; 70) ; 2/ *L'Inavvertito*, a cura di Giusi Baldissone, con un saggio di Ingrid Scanzio, Novara, Interlinea, 2001 (Studi, 32).

2   Voir Philip A. Wadsworth, *Molière and the Italian theatrical Tradition*, 1987 (1977).

3   Proposée par Patrick Dandrey, dans son excellente édition de *L'Étourdi* (Paris, Gallimard, 2002, pour Folio Théâtre), p. 169-176.

Au total, une adaptation personnelle et qui dépasse encore les deux mille vers; d'ailleurs, d'après l'édition de 1682, la troupe de Molière aurait pris l'habitude de supprimer un certain nombre de vers à la représentation. La facture et la vivacité du jeu font toutefois quelque peu oublier détours adventices et longueurs parfois un peu verbeuses, comme celles de longs récits.

LA FABLE ET LA MISE EN INTRIGUE

Nous sommes à Messine où le jeune Lélie s'est enamouré de la belle Célie – crue égyptienne, c'est-à-dire bohémienne, et achetée comme esclave par le vieillard Trufaldin –, alors que son père Pandolfe voudrait le marier à une autre, Hippolyte, fille du vieillard Anselme. Hippolyte, de son côté, fuit d'autant plus ce mariage qu'elle aime Léandre, rival de Lélie auprès de Célie. Arrive même, à la fin du quatrième acte, un dernier rival, Andrès, Italien qui s'était fait bohémien pour suivre Célie. Tout se conjugue pour entraver les amours, dont on sait qu'elles sont partagées (voir I, 4), entre Lélie et Célie (Molière jouerait-il avec les noms?).

Dans son désarroi et son incapacité, le jeune homme s'en remet totalement à son valet Mascarille. Mais Lélie est un irréfléchi, un étourdi, et ses bévues et maladresses engendrent la comédie, qui donne essentiellement un plaisir d'intrigue. Car, comme systématiquement, Lélie s'emploie à annihiler les efforts déployés par l'astuce de son valet Mascarille pour servir ses amours, en multipliant les contretemps – jusqu'à dix contretemps qui structurent l'intrigue. Structure répétitive que n'a pas fini d'utiliser

Molière. À chaque fois une invention ingénieuse du valet est suivie de la bourde du maître dont les dégâts obligent le valet à une nouvelle invention. Trois de ces bévues sont déjà réalisées dans le premier acte (I, 4 ; I, 6 ; I, 9) ; et Mascarille de faire un premier bilan :

> Et trois !
> Quant nous serons à dix, nous ferons une croix
>   (I, 9, vers 441-442).

Par parenthèse, il y a là une malice métathéâtrale, parce que la comédie arrivera bien au nombre de dix contretemps. Comme lorsque, au début de l'acte V, Mascarille fait cette constatation, qui souligne le caractère passablement artificiel de la construction de l'intrigue, en s'exclamant : « Ô Dieu ! qu'en peu de temps on a vu d'aventures… » (V, 1, v. 1707). Tout comme encore quand, à la fin du même acte, il commente la convention de tout dénouement en annonçant « la fin d'une vraie et pure comédie » (V, 9, v. 1932).

Simple succession dans cette cascade de contretemps, à partir de quoi l'action ne cesse de rebondir ? Probablement pas. On a fait remarquer[4] que les ensembles ruse/bévue étaient articulés thématiquement : les quatre premiers s'efforcent d'arracher Célie à Trufaldin en la rachetant – premier obstacle à surmonter ; les quatre suivants, de II, 7 à la fin de l'acte IV, visent à se débarrasser de l'opposition de Léandre – le second obstacle ; les deux derniers, à l'acte V, font face à l'arrivée d'Andrès – dernier obstacle survenu.

Et la maîtrise et l'art de Molière dissipent toute impression de monotonie : vives entrées en scène ; scènes aussi plaisantes des machinations et des tromperies de Mascarille que des mécaniques étourderies de Lélie et de ses déconvenues ;

---

4   Georges Forestier et Claude Bourqui, dans la notice de leur édition, *op. cit.*, t. I, p. 1297-1298.

plaisir de l'enchaînement et des rebondissements. Victor Hugo portait même au crédit de l'auteur de l'*Étourdi* une certaine fraîcheur de style.

Quand Molière ne peut plus multiplier les étourderies et qu'il est temps de dénouer, une reconnaissance particulièrement romanesque, que Molière ne prend guère au sérieux – et il en sera souvent ainsi dans ses dénouements ultérieurs –, arrête le tourniquet. Célie n'est pas une bohémienne, mais une Italienne de plus haut rang (on peut s'en douter dès le début) qui a été enlevée par une bohémienne et vendue à Trufaldin, qui n'est autre que son père (ce Napolitain a changé son nom en s'installant à Messine), Andrès étant en réalité également son fils – ce qui résout une ambigüité, occasion de la seule petite recherche psychologique de la pièce : sans le savoir, Andrès était devenu amoureux de sa sœur après avoir beaucoup fait pour elle sans connaître son identité réelle, et celle-ci, une fois Andrès revenu à Messine, hésite donc un moment entre la reconnaissance pour Andrès qui désire l'épouser et son amour pour Lélie, qui formule le même vœu. L'affaire d'amours contrariées trouve ainsi son plein dénouement : rien ne s'oppose plus à l'amour de Lélie pour Célie, et Léandre – on pouvait le pressentir à la lecture de IV, 3 – revient à son Hippolyte.

MASCARILLE

Vaille que vaille, Mascarille, dont le sac est rempli de malices et de stratagèmes, continue de servir son étourdi de maître. Mascarille est un type de valet que Molière reprendra, et nuancera, bientôt. Il est ici le premier *zanni*, le *zanni* astucieux, joué probablement par Molière lui-même, avec un masque ou un demi-masque (c'est le sens du mot espagnol *mascarilla*, d'où dérive le nom du valet).

Il est un formidable inventeur d'expédients et de stratagèmes. Comme il n'est pas ennemi de nature et qu'il doit servir son maître, il est prêt d'emblée à aider celui-ci pour la satisfaction de son désir amoureux, surtout contre les barbons chagrins (voir I, 2, vers 55 *sqq.*). Aucun scrupule moral vis-à-vis de quiconque ou de quoi que ce soit ; de l'insolence, de l'audace, de la malhonnêteté et du cynisme. Et de l'art : de l'imaginative, comme il dit, et de l'habileté pour se servir des circonstances, même défavorables, et rebondir sans cesse. Il joue la comédie et ment en bel hypocrite, en tranquille imposteur ; après avoir inventé la mort de Pandolfe, il se met dans les bonnes grâces de Léandre, calomnie Célie auprès de lui pour l'en dégoûter, projette d'enlever la jeune fille, fait passer Lélie pour un marchand d'Arménie, se déguise en Suisse… Il flatte et il trompe ; il vole impudemment. L'avalanche des tromperies entraîne des conséquences : plaisantes scènes du déroulement de la tromperie, quiproquos et rencontres fort drôles (par exemple, en II, 4, quand Anselme, persuadé de la mort de Pandolfe, tombe nez à nez avec celui-ci, bien vivant), jeux de double entente et d'ironie quand l'interlocuteur est dupé ; le tout assaisonné d'un langage de valet assez dru, émaillé de diverses plaisanteries verbales, sans être particulièrement brillant et, très certainement, d'une belle dépense physique de l'acteur sur la scène.

Autant que l'argent, le fanfaron Mascarille aime la gloire ; c'est même au fond, avec une sorte d'amour de l'art et d'obstination à aller contre la fatalité des échecs dus à Lélie, ce qui le pousse à continuer de servir un maître insupportable, plus que son devoir de valet. Il le dit dans la jolie parodie du monologue tragique de délibération de III, 1 où, comme le héros, il s'adresse à lui-même et à ses sentiments : avec sa réputation de « fourbe sublime » (v. 912), son « honneur » l'oblige à persister : « Achève pour ta gloire, et non pour l'obliger » (v. 918). Et le « fourbe fourbissime » de rêver qu'on le peigne en héros, couronné de laurier, avec cette inscription en lettres d'or : « *Vivat Mascarillus, fourbum imperator* ! » (II, 8, v. 794).

Tout un versant de la comédie est bien consacré au valet.

L'ÉTOURDI

Mais il ne va évidemment pas sans son maître, qui est le personnage éponyme et le héros comique, premier dans la construction de la pièce, dans ce jeu de balancier comique qui va du stratagème inventé par Mascarille à sa destruction par Lélie. La comédie, à qui il donne justement son nom, n'existerait pas aussi bien sans lui, qui accumule des gaffes ravageuses de naïf.

La naïveté de Lélie, ce beau novice ? S'il multiplie les bévues c'est qu'il est aussi spontanément bon qu'irréfléchi. Honnête, droit, il suit le premier mouvement de son cœur ; étant lui-même toute franchise et toute candeur, il n'imagine pas que, dans son propre intérêt, il lui faille réfléchir, calculer, dissimuler, se défier, se défendre, voire tromper. Quand Mascarille ment à Trufaldin, le bon jeune homme se précipite pour détromper la dupe (I, 4). Quand il voit une bourse par terre, sans soupçonner qu'elle a été volée par Mascarille dans son intérêt à lui, il fait en sorte qu'elle revienne à son légitime propriétaire et se glorifie de sa bonne action (I, 6).

Il ne supporte pas les mensonges ou les calomnies imaginés par le rusé valet (par exemple en II, I ou en III, 3 et 4). Il est décidément inapte au monde de la fourberie. On le dupe aisément : Anselme, en II, 5, lui reprend facilement l'argent qu'il lui avait donné, à l'aide d'un mensonge plausible. Il joue si mal son rôle dans la mystification de l'acte IV – déguisé en marchand arménien, il est introduit chez Trufaldin – qu'il la fait échouer. Intervenant en aveugle dans les trames ourdies par Mascarille, il les gâche irrémédiablement (voir I, 9, II, 11 et III, 7 et 8). Cependant, il croit sincèrement agir dans son intérêt et à l'appui de son valet ; et il se montre très fier de son « imaginative » !

Ce qui donne le plus à songer, c'est la dépendance de Lélie à l'égard de son valet. Sans doute Mascarille s'estime-t-il bien supérieur à toutes ses dupes qu'il manipule en jouant de leur passion (avarice ou amour sénile) et de leur crédulité. Mais il marque une condescendance plus inquiétante vis-à-vis de son maître Lélie, parfait naïf s'il en est. D'emblée, Lélie est tout d'abandon à Mascarille ; à court d'invention, il se décharge des plans de bataille sur son valet, dont il attend tout. Malgré une très passagère volonté d'autorité (I, 2, vers 50-52), le maître montrera une soumission peu honorable à un valet qui le méprise, ne juge pas nécessaire de l'aviser des stratagèmes qu'il invente, le dirige en un mot – et il lui fait exactement repasser et répéter ses rôles si maladroitement joués (voir II, 1 et IV, 1). Le dramaturge a bien noté les variations de l'agacement et de la colère – abandon, refus de servir et reprise de sa tâche – chez le valet vis-à-vis de son maître. Mais il a osé montrer en Mascarille cette tension de la fureur qui va jusqu'au point où, non content de malmener son maître de propos, il le malmène de geste : en IV, 6, profitant de la situation, il rosse son maître, se vengeant ainsi d'un maladroit gaffeur qui gâte toutes ses ruses. Et c'est le maître, morigéné pour ses bourdes, qui s'excuse, admet loyalement sa faute, s'engage à faire mieux à l'avenir, mais retombe immanquablement dans ses maladresses, au point de songer au trépas... dont son valet le sauve encore. D'autres occasions s'offriront à Molière de méditer sur les rapports entre les maîtres et les serviteurs, jusqu'aux débordements de Scapin.

Dans cette adaptation fort habile, mais sans grande profondeur, de l'italien, le vrai Molière n'est pas encore là. Toutefois, *L'Étourdi, ou Les Contretemps* garde sa séduction à la scène.

LE TEXTE

Nous transcrivons le seul texte qu'il faille prendre en compte, l'édition originale :

L'ESTOVRDY / OV LES / CONTRE-TEMPS, / *COMEDIE.* / REPRESENTéE SVR LE / Theatre du Palais Royal. / *Par I. B. P. MOLIERE.* / A PARIS, / Chez GABRIEL QVINET, au / Palais, dans la Galerie des Prisonniers, / à L'Ange Gabriel. / M. DC. LXIII. / Avec privilege dV ROY. In-12, [I-XII : dédicace et liste des acteurs] [1-117 : texte de la pièce] [118 : privilège] [119-120 : pages blanches].

La BnF conserve deux exemplaires de cette édition : Rés. Yf 4164 à Tolbiac, et 8 Rf 2927 (RES) aux Arts du spectacle. Deux exemplaires sont numérisés sur Gallica : NUMM-70149 et IFN-8610488.

L'édition de 1682 indique que de nombreux vers étaient supprimés à la représentation.

BIBLIOGRAPHIE

Éd. Patrick Dandrey de *L'Étourdi*, Paris, Gallimard, 2002 (Folio Théâtre).

WADSWORTH, Philip A. *Molière and the Italian theatrical Tradition*, Birmingham (Alabama), Summa Publications, 1987 (1977).

WOODROUGH, Elizabeth, « 'Quand nous serons à dix, nous ferons une croix'. Molière's *L'Étourdi* or the secret of a master fencer », [in] *Intersections* : actes du 35° congrès de la NASSCFL, Tübingen, G. Narr, 2005, p. 95-107.

L'ÉTOURDI,
OU LES
CONTRETEMPS

Comédie

Représentée sur le
Théâtre du Palais-Royal.

Par J.-B. P. MOLIÈRE

À PARIS

Chez GABRIEL QUINET, au Palais,
dans la Galerie des Prisonniers,
à l'Ange Gabriel.

M. DC. LXIII.

Avec Privilège du Roi.

MESSIRE
ARMAND JEAN
DE RIANTS[1],
CHEVALIER, BARON

De Riverey, Seigneur de la Gallesierrre,
Oudangeau, & autres lieux, Conseiller du Roi
en tous ses Conseils, & Procureur de sa Majesté
au Châtelet, Prévôté & Vicomté de Paris.

MONSIEUR,

Après avoir longtemps cherché quelque chose qui fût digne [Ã iij] [n. p.] de vous être offert, pour ne pas laisser échapper aucune occasion de vous témoigner mes respects, et qui pût en même temps faire connaître à tout le monde que j'ai essayé de rendre à votre mérite quelques marques particulières de mon zèle, j'ai cru que vous ne désavoueriez pas *L'Étourdi, ou Les Contretemps*, quand vous saurez que c'est un étourdi tout couvert de gloire de s'être fait admirer par la plus galante cour du monde, et qui a reçu des avantages, que de plus prudents [n. p.] que lui se tiendraient glorieux d'avoir pu mériter ; toutes ces choses-là font voir qu'il y a de la différence entre lui et ceux qui portent son nom. Néanmoins je crains qu'il ne perde aujourd'hui la haute réputation qu'il s'est acquise, quand on saura qu'il vient à contretemps se présenter à vous, et vous divertir[2] des grandes et sérieuses occupations

---

1   Jean-Armand de Riants fut procureur du Roi au Châtelet à partir de 1657.

2   Détourner, et aussi récréer.

que vous donne l'illustre charge que vous possédez, et qui demande que vous ayez soin de la plus célèbre ville de la terre. Vous le [Ã iiij] [n. p.] faites, MONSIEUR, avec tant d'applaudissement, et vous vous acquittez de cette charge avec tant de gloire, que le Prince et les peuples en sont également satisfaits. Aussi chacun sait-il que vous marchez sur les traces de vos illustres aïeuls, dont la mémoire ne périra jamais. Oui, MONSIEUR, l'on se souviendra toujours de ce Denis de Riants[3], dont vous sortez, qui s'acquitta si dignement, pour lui et pour tout le monde, de la charge d'avocat général et de pré[n. p.]sident au mortier, qu'il possédait dans le premier Parlement de France, et qui obligea cette auguste compagnie de faire voir combien elle l'avait toujours estimé, lorsque qu'étant priée par ses parents de se trouver aux honneurs funèbres que l'on lui devait rendre, elle répondit, par l'organe de son premier président, *qu'elle était bien marrie du trépas d'un personnage de si grand savoir et de si grande vertu, et qu'elle lui rendrait tout l'honneur qu'elle lui devait* [ã V] [n. p.]. Après cela, MONSIEUR, l'on peut juger de la vénération que l'on a en France pour votre nom, et si[4], soutenant comme vous faites l'éclat et la gloire de vos ancêtres, je ne dois pas craindre de passer pour téméraire en voulant faire votre panégyrique. L'on sait assez que leurs grandes actions et les vôtres me fourniraient trop de matière, s'il m'était permis de l'entreprendre ; mais les voulant laisser à d'autres plus capables de les décrire, je serai satisfait si je puis [n. p.] vous persuader que je suis, plus que personne du monde,

---

3   Avocat du Roi au Parlement, il fut reçu président en 1556.
4   1663 porte *s'y*, erreur manifeste qu'il faut corriger.

MONSIEUR,

> Votre très humble et très
> obéissant serviteur,
> BARBIN[5].

---

5   C'est donc le marchand-libraire Claude Barbin, à qui Molière avait cédé
     son droit de privilège, à égalité avec Gabriel Quinet, qui signa cette
     épître, rédigée par Molière, ou avec son approbation.

LÉLIE, fils de Pandolfe.

CÉLIE, esclave de Trufaldin.

MASCARILLE[6], valet de Lélie.

HIPPOLYTE, fille d'Anselme.

ANSELME, vieillard.

TRUFALDIN, vieillard.

PANDOLFE, vieillard.

LÉANDRE, fils de famille.

ANDRÈS, cru Égyptien[7].

ERGASTE, valet.

UN COURRIER.

Deux troupes de masques.

La scène est à Messine.

---

6   C'est la première apparition de ce type de valet créé par Molière et
    qu'il jouait vraisemblablement sous le masque – le mot français vient
    de l'espagnol *mascarilla*, diminutif de *mascara*, « demi-masque ».
7   Cet Andrès cru égyptien (c'est-à-dire bohémien) fait inévitablement penser
    au jeune *caballero* de *La Gitanilla*, première des *Nouvelles exemplaires* de
    Cervantès (d'ailleurs adaptée par Hardy dans sa tragi-comédie de *La
    Belle égyptienne*, puis par Sallebray) : par amour pour la jeune Précieuse
    enlevée par des bohémiens, il vit deux ans parmi eux, sous le nom
    d'Andrès.

L'ÉTOURDI,
OU LES
CONTRETEMPS

Comédie

ACTE I

Scène PREMIÈRE

LÉLIE

Hé bien ! Léandre, hé bien ! Il faudra contester ;
Nous verrons de nous deux qui pourra l'emporter,
Qui dans nos soins communs pour ce jeune miracle,
Aux vœux de son rival portera plus[8] d'obstacle.
5 Préparez vos efforts, et vous défendez bien,
Sûr que de mon côté je n'épargnerai rien.

Scène 2
LÉLIE, MASCARILLE

LÉLIE
Ah ! Mascarille.

MASCARILLE
Quoi ?

---

8 Pour *le plus*.

LÉLIE

Voici bien des affaires ;
J'ai dans ma passion toutes choses contraires :
Léandre aime Célie et, par un trait fatal,
10   Malgré mon changement[9], est toujours mon rival.

MASCARILLE

Léandre aime Célie ?

LÉLIE

Il l'adore, te dis-je.

MASCARILLE

Tant pis.

LÉLIE

Hé ! oui, tant pis, c'est là ce qui m'afflige.
Toutefois j'aurais tort de me désespérer ;
Puisque j'ai ton secours je puis me rassurer.
15   Je sais que ton esprit, en intrigues fertile,
N'a jamais rien trouvé qui lui fût difficile ;
Qu'on te peut appeler le roi des serviteurs,
Et qu'en toute la terre…

MASCARILLE

Hé, trêve de douceurs !
Quand nous faisons besoin, nous autres misérables, [3]
20   Nous sommes les chéris et les incomparables ;
Et dans un autre temps, dès le moindre courroux,
Nous sommes les coquins qu'il faut rouer de coups.

---

9   On l'apprendra plus tard : Lélie et Léandre ont d'abord été rivaux auprès
      d'Hippolyte ; ils aiment désormais tous deux Célie.

LÉLIE

Ma foi, tu me fais tort avec cette invective.

Mais enfin, discourons un peu de ma captive[10] ;

25   Dis si les plus cruels et plus durs sentiments

Ont rien d'impénétrable à des traits si charmants.

Pour moi, dans ses discours, comme dans son visage,

Je vois pour sa naissance un noble témoignage,

Et je crois que le Ciel dedans un rang si bas,

30   Cache son origine, et ne l'en tire pas[11].

MASCARILLE

Vous êtes romanesque[12] avecque vos chimères.

Mais que fera Pandolfe en toutes ces affaires ?

C'est, Monsieur, votre père, au moins à ce qu'il dit.

Vous savez que sa bile assez souvent s'aigrit,

35   Qu'il peste contre vous d'une belle manière,

Quand vos déportements lui blessent la visière[13].

Il est avec Anselme en parole[14] pour vous,

Que de son Hippolyte on vous fera l'époux,

S'imaginant que c'est dans le seul mariage

40   Qu'il pourra rencontrer de quoi vous faire sage.

Et s'il vient à savoir que, rebutant son choix,

D'un objet[15] inconnu vous recevez les lois,

---

10   Célie est effectivement esclave de Trufaldin.

11   Le Ciel, qui n'a pas donné à Célie un rang d'esclave si bas, dissimule sa
     véritable origine.

12   Les romans romanesques, et après eux les tragi-comédies, regorgeaient
     en effet de ces personnages dont la véritable origine, élevée, était long-
     temps masquée par une situation et une condition apparemment très
     inférieures.

13   Votre conduite lui blesse la vue (selon Richelet, *visière* est du style bas
     et burlesque).

14   En pourparlers pour convenir avec Anselme de votre futur mariage avec
     Hippolyte.

15   *L'objet* est la femme aimée.

Que de ce fol amour la fatale puissance
Vous soustrait au devoir de votre obéissance,
45 Dieu sait quelle tempête alors éclatera,
Et de quels beaux sermons on vous régalera.

LÉLIE

Ah! trêve, je vous prie, à votre rhétorique!

MASCARILLE

Mais vous, trêve plutôt à votre politique!
Elle n'est pas fort bonne, et vous devriez[16]
    tâcher...   [A ij] [4]

LÉLIE

50 Sais-tu qu'on n'acquiert rien de bon à me fâcher?
Que chez moi les avis ont de tristes salaires?
Qu'un valet conseiller y fait mal ses affaires?

MASCARILLE

Il se met en courroux[17]! Tout ce que j'en ai dit
N'était rien que pour rire et vous sonder l'esprit.
55 D'un censeur de plaisirs ai-je fort l'encolure[18]?
Et Mascarille est-il ennemi de nature[19]?
Vous savez le contraire, et qu'il est très certain
Qu'on ne peut me taxer que d'être trop humain.
Moquez-vous des sermons d'un vieux barbon de
    père;

---

16 *Devriez* compte ici pour deux syllabes.
17 Cet hémistiche peut être un aparté.
18 La mine, la façon d'être.
19 « Un homme ennemi de nature n'aime ni à se divertir ni à voir les autres
se divertir » (Acad.). On comprend que les libertins aient pu se servir
de cette expression.

60   Poussez votre bidet[20], vous dis-je, et laissez faire !
      Ma foi, j'en suis d'avis, que ces penards[21] chagrins,
      Nous viennent étourdir de leurs contes badins[22],
      Et vertueux par force, espèrent par envie
      Ôter aux jeunes gens les plaisirs de la vie !
65   Vous savez mon talent, je m'offre à vous servir.

                         LÉLIE

      Ah ! c'est par ces discours que tu peux me ravir.
      Au reste, mon amour, quand je l'ai fait paraître,
      N'a point été mal vu des yeux qui l'ont fait naître ;
      Mais Léandre à l'instant vient de me déclarer
70   Qu'à me ravir Célie il se va préparer.
      C'est pourquoi dépêchons, et cherche dans ta tête
      Les moyens les plus prompts d'en faire ma conquête.
      Trouve ruses, détours, fourbes, inventions,
      Pour frustrer un rival de ses prétentions.

                       MASCARILLE

75   Laissez-moi quelque temps rêver à cette affaire.
      Que pourrais-je inventer pour ce coup nécessaire ?

                         LÉLIE

      Eh bien ? le stratagème ?

                       MASCARILLE   [5]
                             Ah ! comme vous courez !
      Ma cervelle toujours marche à pas mesurés.
      J'ai trouvé votre fait : il faut… Non, je m'abuse ;
80   Mais, si vous alliez…

---

20   Allez de l'avant, en style bas.
21   « Terme injurieux qu'on dit quelquefois aux hommes âgés » (FUR.).
22   Leurs sots contes.

LÉLIE
Où ?

MASCARILLE
C'est une faible ruse.
J'en songeais une.

LÉLIE
Et quelle ?

MASCARILLE
Elle n'irait pas bien.
Mais ne pourriez-vous pas ?…

LÉLIE
Quoi ?

MASCARILLE
Vous ne pourriez
[rien.
Parlez avec Anselme !

LÉLIE
Et que lui puis-je dire ?

MASCARILLE
Il est vrai, c'est tomber d'un mal dedans un pire.
85   Il faut pourtant l'avoir. Allez chez Trufaldin !

LÉLIE
Que faire ?

MASCARILLE
Je ne sais.

LÉLIE

C'en est trop à la fin ;
Et tu me mets à bout par ces contes frivoles.

MASCARILLE

Monsieur, si vous aviez en main force pistoles,
Nous n'aurions pas besoin maintenant
[de rêver²³ [AA iij] [6]
90   À chercher des biais que nous devons trouver,
Et pourrions, par un prompt achat de cette esclave,
Empêcher qu'un rival vous prévienne et vous brave.
De ces Égyptiens qui la mirent ici,
Trufaldin qui la garde est en quelque souci ;
95   Et trouvant son argent qu'ils lui font trop attendre,
Je sais bien qu'il serait très ravi de la vendre²⁴.
Car enfin en vrai ladre il a toujours vécu ;
Il se ferait fesser²⁵ pour moins d'un quart d'écu ;
Et l'argent est le dieu que sur tout il révère.
100   Mais le mal, c'est…

LÉLIE

Quoi ? c'est ?

MASCARILLE

Que Monsieur votre
[père
Est un autre vilain²⁶ qui ne vous laisse pas,
Comme vous voudriez²⁷ bien, manier ses ducats ;

---

23   Songer à.
24   Les Égyptiens ont mis Célie en gage chez Trufaldin, qui, las d'attendre,
      serait ravi de vendre la fille pour récupérer son argent.
25   *Fesser* : frapper sur les fesses, fouetter.
26   Avare.
27   Deux syllabes, si l'on garde « bien », que supprime 1734.

Qu'il n'est point de ressort qui pour votre ressource[28]
Peut[29] faire maintenant ouvrir la moindre bourse.
105   Mais tâchons de parler à Célie un moment,
Pour savoir là-dessus quel est son sentiment.
La fenêtre est ici.

LÉLIE

Mais Trufaldin pour elle
Fait de nuit et de jour exacte sentinelle.
Prends garde !

MASCARILLE

Dans ce coin demeurons en repos.
110   Oh, bonheur ! la voilà qui paraît à propos.

Scène 3[30]   [7]
LÉLIE, CÉLIE, MASCARILLE

LÉLIE

Ah ! que le Ciel m'oblige, en offrant à ma vue
Les célestes attraits dont vous êtes pourvue !
Et, quelque mal cuisant que m'aient causé vos yeux,
Que je prends de plaisir à les voir en ces lieux !

CÉLIE

115   Mon cœur, qu'avec raison votre discours étonne[31],
N'entend pas que mes yeux fassent mal à personne ;
Et, si dans quelque chose ils vous ont outragé,

---

28   « *Ressource* : moyen de se rétablir quand on a fait des pertes » (FUR.).
29   1682 porte *pût*, subjonctif nécessaire ; mais c'est le présent *puisse* qu'il
      faudrait en toute rigueur.
30   Cf. *L'Inavvertito*, I, 3.
31   Ébranle.

Je puis vous assurer que c'est sans mon congé[32].

LÉLIE

Ah ! leurs coups sont trop beaux pour me faire
    une injure ;
120 Je mets toute ma gloire à chérir ma blessure,
Et…

MASCARILLE

    Vous le prenez là d'un ton un peu trop haut ;
Ce style maintenant n'est pas ce qu'il nous faut.
Profitons mieux du temps, et sachons vite d'elle
Ce que…

TRUFALDIN *dans la maison*
Célie !

MASCARILLE
Eh bien ?

LÉLIE
    Oh, rencontre
              [cruelle ! [A iiij] [8]
125 Ce malheureux vieillard devait-il nous troubler ?

MASCARILLE
Allez, retirez-vous ! Je saurai lui parler.

---

32 Célie manie finement une phraséologie amoureuse (les yeux, les regards
qui blessent l'amant), un style, comme dit Mascarille, où une Agnès ne
verra pas malice (*L'École des femmes*, II, 5, vers 517 *sq.*).

Scène 4[33]

TRUFALDIN, CÉLIE, MASCARILLE,
ET LÉLIE *retiré dans un coin*

TRUFALDIN, *à Célie*

Que faites-vous dehors ? et quel soin vous talonne,
Vous à qui je défends de parler à personne ?

CÉLIE

Autrefois j'ai connu cet honnête garçon ;
130   Et vous n'avez pas lieu d'en prendre aucun soupçon.

MASCARILLE

Est-ce là le seigneur Trufaldin ?

CÉLIE

Oui, lui-même.

MASCARILLE

Monsieur, je suis tout vôtre, et ma joie est extrême
De pouvoir saluer, en toute humilité,
Un homme dont le nom est partout si vanté.

TRUFALDIN

135   Très humble serviteur[34].

MASCARILLE

J'incommode peut-être ;   [9]
Mais je l[35]'ai vue ailleurs, où m'ayant fait connaître
Les grands talents qu'elle a pour savoir l'avenir,

---

33 *Cf. L'Inavvertito*, I, 4 et 5. Mais Molière change le motif qui justifie la
conversation.
34 Formule de politesse déférente, teintée ici d'ironie.
35 Ce « l' » désigne Célie à laquelle Mascarille va ensuite s'adresser.

Je voulais sur un point un peu l'entretenir.

TRUFALDIN

Quoi ! te mêlerais-tu d'un peu de diablerie ?

CÉLIE

140   Non, tout ce que je sais n'est que blanche magie[36].

MASCARILLE

Voici donc ce que c'est[37]. Le maître que je sers
Languit pour un objet qui le tient dans ses fers.
Il aurait bien voulu du feu qui le dévore
Pouvoir entretenir la beauté qu'il adore.
145   Mais un dragon veillant sur ce rare trésor
N'a pu, quoi qu'il ait fait, le lui permettre encor ;
Et ce qui plus le gêne[38] et le rend misérable :
Il vient de découvrir un rival redoutable.
Si bien que, pour savoir si ses soins amoureux
150   Ont sujet d'espérer quelque succès[39] heureux,
Je viens vous consulter, sûr que de votre bouche,
Je puis apprendre au vrai le secret qui nous touche.

CÉLIE

Sous quel astre ton maître a-t-il reçu le jour ?

MASCARILLE

Sous un astre à jamais ne changer son amour.

---

36   La *diablerie*, c'est la magie noire, qui se sert du ministère des démons.
     Alors que la *magie blanche* requiert les bons anges.
37   Le procédé (s'entretenir des amours à la barbe et à l'insu de l'importun)
     sera repris et varié dans *L'Avare*, III, 7, et dans *Le Malade imaginaire*, II, 6.
38   Le torture.
39   Issue.

CÉLIE

155 Sans me nommer l'objet pour qui son cœur soupire,
La science que j'ai m'en peut assez instruire.
Cette fille a du cœur, et dans l'adversité
Elle sait conserver une noble fierté.
Elle n'est pas d'humeur à trop faire connaître
160 Les secrets sentiments qu'en son cœur on fait naître ;
Mais je les sais comme elle, et d'un esprit plus
                                                [doux [10]
Je vais en peu de mots vous les découvrir tous.

MASCARILLE

Oh ! merveilleux pouvoir de la vertu magique !

CÉLIE

Si ton maître en ce point de constance se pique,
165 Et que la vertu seule anime son dessein,
Qu'il n'appréhende pas de soupirer en vain ;
Il a lieu d'espérer, et le fort qu'il veut prendre
N'est pas sourd aux traités, et voudra bien se rendre.

MASCARILLE

C'est beaucoup. Mais ce fort dépend d'un gouverneur
170 Difficile à gagner.

CÉLIE

C'est là tout le malheur.

MASCARILLE

Au diable le fâcheux qui toujours nous éclaire[40].

---

40 C'est un aparté de Mascarille, qui désigne Lélie ; c'est celui-ci le fâcheux
    qui éclaire, épie avidement, risquant d'intervenir et de tout gâcher —
    comme cela va se produire par son intervention.

CÉLIE

Je vais vous enseigner ce que vous devez faire.

LÉLIE, *les joignant*

Cessez, ô Trufaldin, de vous inquiéter !
C'est par mon ordre seul qu'il vous vient visiter ;
175 Et je vous l'envoyais, ce serviteur fidèle,
Vous offrir mon service et vous parler pour elle,
Dont je vous veux dans peu payer la liberté[41],
Pourvu qu'entre nous deux le prix soit arrêté.

MASCARILLE

La peste soit la bête !

TRUFALDIN

                    Oh ! Oh ! Qui des deux
                    croire ?
180 Ce discours au premier est fort contradictoire.

MASCARILLE

Monsieur, ce galant homme a le cerveau blessé[42] ;
Ne le savez-vous pas ?

TRUFALDIN

                    Je sais ce que je sais.   [11]
J'ai crainte ici dessous de quelque manigance.
Rentrez, et ne prenez jamais cette licence[43] !
185 Et vous, filous fieffés, ou je me trompe fort,
Mettez pour me jouer vos flûtes mieux d'accord !

---

41 Lélie propose de racheter l'esclave Célie à Trufaldin.
42 « Un extravagant a l'esprit blessé, est blessé du cerveau » (FUR.).
43 Liberté ; déjà vieux en ce sens selon RIC.

MASCARILLE

C'est bien fait ; je voudrais qu'encor, sans flatterie,
Il nous eût d'un bâton chargés de compagnie[44].
À quoi bon se montrer ? et comme un étourdi
190   Me venir démentir de tout ce que je dis ?

LÉLIE

Je pensais faire bien.

MASCARILLE

                      Oui, c'était fort l'entendre.
Mais quoi, cette action ne me doit point surprendre :
Vous êtes si fertile en pareils contretemps[45],
Que vos écarts d'esprit n'étonnent plus les gens.

LÉLIE

195   Ah ! mon Dieu, pour un rien me voilà bien coupable !
Le mal est-il si grand qu'il soit irréparable ?
Enfin, si tu ne mets Célie entre mes mains,
Songe au moins de Léandre à rompre les desseins,
Qu'il ne puisse acheter avant moi cette belle.
200   De peur que ma présence encor soit criminelle,
Je te laisse.

MASCARILLE

                  Fort bien ! À dire vrai, l'argent
Serait dans notre affaire un sûr et fort agent ;
Mais ce ressort manquant, il faut user d'un autre.

---

44   Il nous eût attaqués tous les deux d'un bâton. Prémonition de ce qui se
      produira, d'une certaine manière, en IV, 6.
45   Première de ces étourderies, de ces contretemps selon le sous-titre, dont
      Lélie va se rendre coupable.

Scène 5   [12]
ANSELME, MASCARILLE

ANSELME

Par mon chef[46], c'est un siècle étrange que le nôtre !
205   J'en suis confus ; jamais tant d'amour pour le bien,
Et jamais tant de peine à retirer[47] le sien.
Les dettes aujourd'hui, quelque soin qu'on emploie,
Sont comme les enfants que l'on conçoit en joie,
Et dont avecque peine on fait l'accouchement.
210   L'argent dans une bourse entre agréablement ;
Mais le terme venu que nous devons le rendre,
C'est lors[48] que les douleurs commencent à nous
                                              [prendre.
Baste, ce n'est pas peu que deux mille francs dus
Depuis deux ans entiers me soient enfin rendus.
215   Encore est-ce un bonheur.

MASCARILLE
                          Ô ! Dieu, la belle proie
À tirer en volant[49] ! chut : il faut que je voie
Si je pourrais un peu de près le caresser.
Je sais bien les discours dont il le faut bercer.
Je viens de voir, Anselme…

ANSELME
                          Et qui ?

MASCARILLE
                          Votre Nérine.

---

46   Par ma tête. Cette expression signale le vocabulaire rétrograde d'Anselme.
47   Récupérer.
48   Archaïsme pour *alors*, condamné par Vaugelas.
49   « C'est un bon chasseur, qui sait bien tirer, qui tire *en volant* », dit FUR.

ANSELME   [13]
220   Que dit-elle de moi cette gente[50] assassine ?

MASCARILLE
Pour vous elle est de flamme.

ANSELME
                          Elle ?

MASCARILLE
                                      Et vous aime tant
Que c'est grande pitié.

ANSELME
                              Que tu me rends content !

MASCARILLE
Peu s'en faut que d'amour la pauvrette ne meure ;
« Anselme, mon mignon, crie-t-elle à toute heure,
225   Quand est-ce que l'hymen unira nos deux cœurs ?
Et que tu daigneras éteindre mes ardeurs ? »

ANSELME
Mais pourquoi jusqu'ici me les avoir celées ?
Les filles, par ma foi, sont bien dissimulées !
Mascarille, en effet, qu'en dis-tu ? quoique vieux,
230   J'ai de la mine encore assez pour plaire aux yeux.

MASCARILLE
Oui, vraiment ! Ce visage est encore fort mettable[51] ;

---

50   Autre archaïsme d'Anselme.
51   « Qui se peut mettre en circulation » (FUR.).

S'il n'est pas des plus beaux, il est désagréable[52].

ANSELME

Si bien donc...

MASCARILLE[53]

Si bien donc qu'elle est sotte de vous ;
Ne vous regarde plus...

ANSELME

Quoi ?

MASCARILLE

Que comme un époux ;

235   Et vous veut...

ANSELME   [B] [14]

Et me veut...

MASCARILLE

Et vous veut, quoi
[qu'il tienne[54],

Prendre la bourse.

ANSELME

La...

---

52   Le texte porte bien cette graphie, qui dit clairement le jugement de
     Mascarille. Mais l'homophonie permet à Anselme de comprendre le
     contraire (visage qui fait partie des visages agréables)! Plaisant calem-
     bour, que la VAR. de 1682 rend par la graphie *des agréables*.
53   1682 explicite bien les jeux de scène. Mascarille fait ici une première
     tentative (« *Mascarille veut prendre la bourse* ») pour prendre la bourse
     qu'Anselme, satisfait d'avoir été remboursé (vers 214-215), caresse.
54   Quelle que soit la difficulté.

MASCARILLE[55]
> La bouche avec la sienne.

ANSELME
Ah ! je t'entends. Viens-çà : lorsque tu la verras,
Vante-lui mon mérite autant que tu pourras !

MASCARILLE
Laissez-moi faire !

ANSELME
> Adieu !

MASCARILLE
> Que le Ciel te conduise !

ANSELME[56]
240 Ah ! vraiment, je faisais une étrange sottise,
Et tu pouvais pour toi m'accuser de froideur.
Je t'engage à servir mon amoureuse ardeur.
Je reçois par ta bouche une bonne nouvelle,
Sans du moindre présent récompenser ton zèle.
245 Tiens, tu te souviendras…

MASCARILLE
> Ah ! non pas, s'il vous plaît.

---

55 Didascalie de 1682 : « *Mascarille prend la bourse* », qu'il laisse d'ailleurs
tomber pour se l'approprier plus commodément (didascalie de 1734).
La manœuvre a réussi, que Mascarille menait tout en parlant. C'est ce
qui explique son lapsus du v. 236, plus ou moins bien rattrapé par le
jeu *bouche/bourse*.
56 Anselme revient une première fois pour gratifier Mascarille, qui se
donne les gants d'être désintéressé et de refuser, ou qui ne tient pas à
ce qu'Anselme voie la bourse par terre – pour cause !

ANSELME

Laisse-moi !

MASCARILLE

Point du tout, j'agis sans intérêt.

ANSELME

Je le sais ; mais pourtant...

MASCARILLE   [15]

Non Anselme, vous dis-je,
Je suis homme d'honneur : cela me désoblige.

ANSELME

Adieu donc, Mascarille.

MASCARILLE

Ô ! long discours !

ANSELME[57]

Je veux
250   Régaler par tes mains cet objet de mes vœux ;
Et je vais te donner de quoi faire pour elle
L'achat de quelque bague, ou telle bagatelle
Que tu trouveras bon.

MASCARILLE

Non, laissez votre argent ;
Sans vous mettre en souci, je ferai le présent.
255   Et l'on m'a mis en main une bague à la mode,

---

57   Mascarille déplore en aparté la présence d'Anselme et ses longs discours,
quand celui-ci revient une deuxième fois.

Qu'après vous payerez si cela l'accommode[58].

ANSELME

Soit, donne-la pour moi ; mais surtout fais si bien
Qu'elle garde toujours l'ardeur de me voir sien.

Scène 6   [16]
LÉLIE, ANSELME, MASCARILLE

LÉLIE

À qui la bourse[59] ?

ANSELME

                    Ah ! dieux, elle m'était tombée,
260   Et j'aurais après cru qu'on me l'eût dérobée.
      Je vous suis bien tenu de ce soin obligeant,
      Qui m'épargne un grand trouble et me rend mon
                                        [argent.
      Je vais m'en décharger au logis tout à l'heure[60].

MASCARILLE

C'est être officieux[61], et très fort, ou je meure[62] !

LÉLIE

265   Ma foi, sans moi, l'argent était perdu pour lui.

_____

58 Il faut garder la graphie *payerez* pour ses trois syllabes. *Accommoder* :
    convenir, plaire à.
59 C'est Lélie qui ramasse alors la bourse et le proclame, alertant ainsi
    Anselme !
60 À l'instant.
61 Obligeant, serviable.
62 Que je meure (subjonctif de souhait).

MASCARILLE

Certes, vous faites rage[63], et payez aujourd'hui
D'un jugement très rare, et d'un bonheur extrême[64].
Nous avancerons fort ; continuez de même !

LÉLIE

Qu'est-ce donc ? qu'ai-je fait ?

MASCARILLE

                Le sot, en bon français,
270   Puisque je puis le dire, et qu'enfin je le dois.
Il sait bien l'impuissance où son père le laisse,
Qu'un rival qu'il doit craindre étrangement nous
                                [presse ;
Cependant, quand je tente un coup pour l'obliger,[17]
Dont je cours moi tout seul la honte et le danger...

LÉLIE

275   Quoi ? c'était !...

MASCARILLE

               Oui, bourreau, c'était pour la captive,
Que j'attrapais l'argent dont votre soin nous prive.

LÉLIE

S'il est ainsi, j'ai tort ; mais qui l'eût deviné ?

MASCARILLE

Il fallait, en effet, être bien raffiné.

---

63 *Faire rage*, c'est se démener, se signaler brillamment.
64 Comprendre : vous montrez bien votre jugement, votre bonheur, votre
    succès (ironique).

LÉLIE

Tu me devais[65] par signe avertir de l'affaire.

MASCARILLE

280   Oui, je devais[66] au dos avoir mon luminaire[67].
Au nom de Jupiter, laissez-nous en repos,
Et ne nous chantez plus d'impertinents propos !
Un autre après cela quitterait tout peut-être ;
Mais j'avais médité tantôt un coup de maître,
285   Dont tout présentement je veux voir les effets,
À la charge que si…

LÉLIE

                        Non, je te le promets,
De ne me mêler plus de rien dire, ou rien faire.

MASCARILLE

Allez donc, votre vue excite ma colère.

LÉLIE

Mais surtout hâte-toi, de peur qu'en ce dessein…

MASCARILLE

290   Allez, encore un coup, j'y vais mettre la main.
Menons bien ce projet ; la fourbe[68] sera fine,
S'il faut qu'elle succède[69] ainsi que j'imagine.
Allons voir… Bon, voici mon homme justement.

---

65   Tu aurais dû (indicatif passé pour exprimer l'éventualité, à la place du
     conditionnel passé).
66   J'aurais dû (*idem*).
67   Selon RIC., *luminaire* est un mot burlesque pour dire les yeux. Mascarille
     aurait dû avoir des yeux dans le dos pour surveiller son maître !
68   Fourberie.
69   S'il faut qu'elle ait l'issue que j'imagine, *i. e.*, qu'elle réussisse.

Scène 7[70]   [B iij] [18]

PANDOLFE, MASCARILLE

PANDOLFE

Mascarille !

MASCARILLE

Monsieur ?

PANDOLFE

À parler franchement,
295   Je suis mal satisfait de mon fils.

MASCARILLE

De mon maître ?
Vous n'êtes pas le seul qui se plaigne de l'être :
Sa mauvaise conduite, insupportable en tout,
Met à chaque moment ma patience à bout.

PANDOLFE

Je vous croirais pourtant assez d'intelligence
300   Ensemble.

MASCARILLE

Moi ? Monsieur, perdez cette croyance !
Toujours de son devoir je tâche à l'avertir ;
Et l'on nous voit sans cesse avoir maille à partir[71].
À l'heure même encor nous avons eu querelle,
Sur l'hymen d'Hippolyte où je le vois rebelle ;
305   Où par l'indignité d'un refus criminel,
Je le vois offenser le respect paternel.

_____

70   *Cf. L'Inavvertito*, I, 9.
71   Être en contestation pour peu de chose, car partager (*partir*) la maille,
      la plus petite division monétaire, est impossible et ne vaut pas la peine.

PANDOLFE   [19]
Querelle !

MASCARILLE
Oui[72], querelle, et bien avant poussée.

PANDOLFE
Je me trompais donc bien ; car j'avais la pensée
Qu'à tout ce qu'il faisait tu donnais de l'appui.

MASCARILLE
310 Moi ! Voyez ce que c'est que du monde aujourd'hui,
Et comme l'innocence est toujours opprimée.
Si mon intégrité vous était confirmée,
Je suis auprès de lui gagé pour serviteur,
Vous me voudriez[73] encor payer pour précepteur[74].
315 Oui, vous ne pourriez pas lui dire davantage
Que ce que je lui dis, pour le faire être sage.
« Monsieur, au nom de Dieu, lui fais-je assez souvent,
Cessez de vous laisser conduire au premier vent,
Réglez-vous. Regardez l'honnête homme de père
320 Que vous avez du Ciel, comme on le considère ;
Cesser de lui vouloir donner la mort au cœur,
Et, comme lui, vivez en personne d'honneur ! »

PANDOLFE
C'est parler comme il faut. Et que peut-il répondre ?

---

72 *Querelle* : deux syllabes, *oui* fonctionnant comme un mot commençant
    par une consonne.
73 Deux syllabes.
74 Comprendre : si vous étiez assuré de mon intégrité, vous pourriez me
    payer comme précepteur moi qui ne reçois que les gages d'un valet.

MASCARILLE

Répondre ? Des chansons, dont il me vient confondre.
325   Ce n'est pas qu'en effet[75], dans le fond de son cœur,
      Il ne tienne de vous des semences d'honneur ;
      Mais sa raison n'est pas maintenant la maîtresse.
      Si je pouvais parler avecque hardiesse,
      Vous le verriez dans peu soumis sans nul effort.

PANDOLFE

330   Parle !

MASCARILLE

      C'est un secret qui m'importerait fort[76]
      S'il était découvert ; mais à votre prudence   [B iiij] [20]
      Je puis le confier avec toute assurance.

PANDOLFE

Tu dis bien.

MASCARILLE

      Sachez donc que vos vœux sont trahis
      Par l'amour qu'une esclave imprime à votre fils.

PANDOLFE

335   On m'en avait parlé ; mais l'action me touche
      De voir que je l'apprenne encore par ta bouche.

MASCARILLE

Vous voyez si je suis le secret confident…

---

75 En réalité.
76 Qui aurait pour moi de grandes conséquences.

PANDOLFE

Vraiment, je suis ravi de cela.

MASCARILLE

                              Cependant,
À son devoir, sans bruit, désirez-vous le rendre ?
340   Il faut[77]… j'ai toujours peur qu'on nous vienne
                                        [surprendre :
Ce serait fait de moi s'il savait ce discours.
Il faut, dis-je, pour rompre à toute chose cours,
Acheter sourdement[78] l'esclave idolâtrée,
Et la faire passer en une autre contrée.
345   Anselme a grand accès auprès de Trufaldin ;
Qu'il aille l'acheter pour vous dès ce matin !
Après, si vous voulez en mes mains la remettre,
Je connais des marchands, et puis bien vous promettre
D'en retirer l'argent qu'elle pourra coûter,
350   Et malgré votre fils de la faire écarter.
Car enfin, si l'on veut qu'à l'hymen il se range,
À cette amour naissante il faut donner le change[79].
Et de plus, quand bien même il serait résolu,
Qu'il aurait pris le joug que vous avez voulu,
355   Cet autre objet pouvant réveiller son caprice[80],   [21]
Au mariage encor peut porter préjudice.

PANDOLFE

C'est très bien raisonné ; ce conseil me plaît fort.

---

77   Mascarille s'interrompt pour faire mine de regarder alentour.
78   Secrètement. Il faut éloigner Célie de Lélie.
79   Il faut que l'amour de Lélie prenne un autre objet que Célie, une autre
      direction. – *Amour* est souvent féminin au XVIIe siècle, même au singulier.
      L'original porte d'ailleurs, de manière fautive, *cet amour naissante*.
80   Son désir insensé.

Je vois Anselme ; va, je m'en vais faire effort
Pour avoir promptement cette esclave funeste,
360   Et la mettre en tes mains pour achever le reste.

MASCARILLE

Bon, allons avertir mon maître de ceci.
Vive la fourberie, et les fourbes aussi !

Scène 8[81]

HIPPOLYTE, MASCARILLE

HIPPOLYTE

Oui, traître, c'est ainsi que tu me rends service ?
Je viens de tout entendre, et voir ton artifice.
365   À moins que de cela, l'eussé-je soupçonné !
Tu couches d'imposture[82], et tu m'en as donné[83] !
Tu m'avais promis, lâche, et j'avais lieu d'attendre
Qu'on te verrait servir mes ardeurs pour Léandre ;
Que du choix de Lélie, où l'on veut m'obliger,
370   Ton adresse et tes soins sauraient me dégager ;
Que tu m'affranchirais du projet de mon père.
Et cependant ici tu fais tout le contraire.
Mais tu t'abuseras ; je sais un sûr moyen
Pour rompre cet achat où tu pousses si bien ;
375   Et je vais de ce pas…

MASCARILLE   [22]
Ah ! que vous êtes prompte !

---

81   *Cf. L'Inavvertito*, I, 9.
82   Au jeu, *coucher*, c'est mettre en jeu une somme, payer. *Coucher d'imposture*,
     c'est payer d'imposture.
83   Tu m'as trompée.

La mouche tout d'un coup à la tête vous monte[84] ;
Et sans considérer s'il a raison, ou non,
Votre esprit contre moi fait le petit démon.
J'ai tort, et je devrais, sans finir mon ouvrage,
380 Vous faire dire vrai, puisqu'ainsi l'on m'outrage.

HIPPOLYTE

Par quelle illusion penses-tu m'éblouir ?
Traître, peux-tu nier ce que je viens d'ouïr ?

MASCARILLE

Non. Mais il faut savoir que tout cet artifice
Ne va directement qu'à vous rendre service ;
385 Que ce conseil adroit, qui semble être sans fard,
Jette dans le panneau l'un et l'autre vieillard ;
Que mon soin par leurs mains ne veut avoir Célie
Qu'à dessein de la mettre au pouvoir de Lélie,
Et faire que l'effet de cette invention
390 Dans le dernier excès portant sa passion,
Anselme, rebuté de son prétendu gendre[85],
Puisse tourner son choix du côté de Léandre.

HIPPOLYTE

Quoi ? tout ce grand projet qui m'a mise en courroux,
Tu l'as formé pour moi, Mascarille ?

MASCARILLE

                                    Oui, pour vous.
395 Mais puisqu'on reconnaît si mal mes bons offices, [23]
Qu'il me faut de la sorte essuyer vos caprices,

---

84 La mouche est la métaphore de la colère.
85 Le gendre qu'il envisage.

Et que, pour récompense, on s'en vient de hauteur[86]
Me traiter de faquin, de lâche, d'imposteur,
Je m'en vais réparer l'erreur que j'ai commise,
400 Et dès ce même pas rompre mon entreprise.

HIPPOLYTE, *l'arrêtant*
Hé ! ne me traite pas si rigoureusement,
Et pardonne aux transports d'un premier mouvement.

MASCARILLE
Non, non, laissez-moi faire ; il est en ma puissance
De détourner le coup qui si fort vous offense.
405 Vous ne vous plaindrez point de mes soins désormais :
Oui, vous aurez mon maître, et je vous le promets.

HIPPOLYTE
Hé ! mon pauvre garçon, que ta colère cesse !
J'ai mal jugé de toi, j'ai tort, je le confesse.
(Tirant sa bourse.)
Mais je veux réparer ma faute avec ceci.
410 Pourrais-tu te résoudre à me quitter ainsi ?

MASCARILLE
Non, je ne le saurais, quelque effort que je fasse ;
Mais votre promptitude est de mauvaise grâce.
Apprenez qu'il n'est rien qui blesse un noble cœur,
Comme quand il peut voir qu'on le touche en l'honneur.

HIPPOLYTE   [24]
415 Il est vrai, je t'ai dit de trop grosses injures ;
Mais que ces deux louis guérissent tes blessures.

---

86 En le prenant de haut.

MASCARILLE

Hé! tout cela n'est rien; je suis tendre à ces coups.
Mais déjà je commence à perdre mon courroux.
Il faut de ses amis endurer quelque chose.

HIPPOLYTE

420 Pourras-tu mettre à fin[87] ce que je me propose ?
Et crois-tu que l'effet de tes desseins hardis
Produise à mon amour le succès que tu dis ?

MASCARILLE

N'ayez point pour ce fait l'esprit sur des épines ;
J'ai des ressorts tout prêts pour diverses machines[88].
425 Et quand ce stratagème à nos vœux manquerait,
Ce qu'il ne ferait pas, un autre le ferait.

HIPPOLYTE

Crois qu'Hippolyte au moins ne sera pas ingrate.

MASCARILLE

L'espérance du gain n'est pas ce qui me flatte.

HIPPOLYTE

Ton maître te fait signe, et veut parler à toi.
430 Je te quitte ; mais songe à bien agir pour moi.

Scène 9   [25]
MASCARILLE, LÉLIE

LÉLIE

Que diable fais-tu là ? Tu me promets merveille,

---

87 Mener à son terme.
88 Moyens d'action, machinations.

Mais ta lenteur d'agir est pour moi sans pareille.
Sans que mon bon génie au-devant m'a poussé[89],
Déjà tout mon bonheur eût été renversé.
435   C'était fait de mon bien, c'était fait de ma joie ;
D'un regret éternel je devenais la proie.
Bref, si je ne me fusse en ce lieu rencontré,
Anselme avait l'esclave, et j'en étais frustré.
Il l'emmenait chez lui ; mais j'ai paré l'atteinte,
440   J'ai détourné le coup, et tant fait, que par crainte
Le pauvre Trufaldin l'a retenue.

MASCARILLE
                        Et trois !
Quand nous serons à dix, nous ferons une croix[90].
C'était par mon adresse, ô cervelle incurable,
Qu'Anselme entreprenait cet achat favorable ;
445   Entre mes propres mains on la devait livrer,
Et vos soins endiablés nous en viennent sevrer.
Et puis pour votre amour je m'emploierais encore ?
J'aimerais mieux cent fois être grosse pécore[91],
Devenir cruche, chou, lanterne, loup garou[92],   [C] [26]
450   Et que Monsieur Satan vous vînt tordre le cou.

LÉLIE[93]
Il nous le faut mener en quelque hôtellerie,
Et faire sur les pots[94] décharger sa furie.

Fin du premier acte

---

89   Comprendre : si mon bon génie ne m'avait pas poussé à parer le coup.
90   Quand nous serons à dix étourderies, nous ferons une croix (comme on
     faisait dans les calculs).
91   « Bête, stupide, qui a du mal à concevoir quelque chose » (FUR.).
92   Homme qui erre la nuit, dit-on, transformé en loup.
93   Lélie est désormais seul sur la scène.
94   Les pots remplis de vin.

ACTE II   [27]

Scène PREMIÈRE
MASCARILLE, LÉLIE

MASCARILLE

À vos désirs enfin il a fallu se rendre ;
Malgré tous mes serments je n'ai pu m'en défendre,
455   Et pour vos intérêts, que je voulais laisser,
En de nouveaux périls viens de m'embarrasser.
Je suis ainsi facile ; et si de Mascarille
Madame la Nature avait fait une fille,
Je vous laisse à penser ce que ç'aurait été.
460   Toutefois, n'allez pas sur cette sûreté
Donner de vos revers[95] au projet que je tente,
Me faire une bévue, et rompre mon attente.
Auprès d'Anselme encor nous vous excuserons,
Pour en pouvoir tirer ce que nous désirons.
465   Mais si dorénavant votre imprudence éclate,
Adieu vous dis[96] mes soins pour l'objet qui vous flatte.

LÉLIE   [C ij] [28]

Non, je serai prudent, te dis-je, ne crains rien !
Tu verras seulement…

MASCARILLE

Souvenez-vous-en bien !

---

95   En escrime, un coup de revers est un coup donné dans le sens inverse
de l'habitude, inattendu et dangereux.
96   Acad. signale comme populaire le tour *Adieu vous dis*. Comprendre :
mes soins seront vains en faveur de Célie qui vous séduit (*flatte*) et de
votre amour.

J'ai commencé pour vous un hardi stratagème :
470 Votre père fait voir une paresse extrême
À rendre par sa mort tous vos désirs contents ;
Je viens de le tuer, de parole, j'entends.
Je fais courir le bruit que d'une apoplexie
Le bonhomme surpris a quitté cette vie.
475 Mais avant, pour pouvoir mieux feindre ce trépas,
J'ai fait que vers sa grange il a porté ses pas ;
On est venu lui dire, et par mon artifice,
Que les ouvriers[97] qui sont après son édifice,
Parmi les fondements qu'ils en jettent encor,
480 Avaient fait par hasard rencontre d'un trésor.
Il a volé d'abord[98], et comme à la campagne
Tout son monde à présent, hors nous deux,
                                        [l'accompagne,
Dans l'esprit d'un chacun je le tue aujourd'hui,
Et produis un fantôme enseveli pour lui[99].
485 Enfin je vous ai dit à quoi je vous engage ;
Jouez bien votre rôle. Et pour mon personnage,
Si vous apercevez que j'y manque d'un mot,
Dites absolument que je ne suis qu'un sot.

LÉLIE, *seul*

Son esprit, il est vrai, trouve une étrange voie
490 Pour adresser mes vœux[100] au comble de leur joie.
Mais quand d'un bel objet on est bien amoureux,
Que ne ferait-on pas pour devenir heureux ?

---

97 Deux syllabes.
98 Aussitôt.
99 Un *fantôme* est « un homme d'osier ou de paille pour les exécutions en
    effigie » (FUR.). En guise de mort, Mascarille montre un mannequin,
    enveloppé de quelque linceul le mort supposé n'étant pas encore enterré.
100 Mener mes vœux.

Si l'amour est au crime une assez belle excuse,
Il en peut bien servir à la petite ruse,
495 Que sa flamme aujourd'hui me force d'approuver [29]
Par la douceur du bien qui m'en doit arriver.
Juste Ciel! qu'ils sont prompts! je les vois en parole[101];
Allons nous préparer à jouer notre rôle.

Scène 2
MASCARILLE, ANSELME

MASCARILLE

La nouvelle a sujet de vous surprendre fort.

ANSELME

500 Être mort de la sorte !

MASCARILLE

　　　　　Il a certes grand tort.
Je lui sais mauvais gré d'une telle incartade[102].

ANSELME

N'avoir pas seulement le temps d'être malade !

MASCARILLE

Non, jamais homme n'eut si hâte de mourir.

ANSELME

Et Lélie ?

---

101 Parlant ensemble, en conversation.
102 Pandolfe, par sa mort, aurait fait un mauvais coup à Mascarille !

MASCARILLE

Il se bat, et ne peut rien souffrir[103].

505   Il s'est fait en maints lieux contusion et bosse,
Et veut accompagner son papa dans la fosse.
Enfin, pour achever, l'excès de son transport[104]
M'a fait en grande hâte ensevelir le mort,
De peur que cet objet qui le rend
[hypocondre[105], [C iij] [30]
510   À faire un vilain coup ne me l'allât semondre[106].

ANSELME

N'importe, tu devais attendre jusqu'au soir,
Outre qu'encore un coup j'aurais voulu le voir.
Qui tôt ensevelit bien souvent assassine,
Et tel est cru défunt qui n'en a que la mine.

MASCARILLE

515   Je vous le garantis trépassé comme il faut.
Au reste, pour venir au discours de tantôt,
Lélie, et l'action lui sera salutaire,
D'un bel enterrement veut régaler[107] son père,
Et consoler un peu ce défunt de son sort,
520   Par le plaisir de voir faire honneur à sa mort.
Il hérite beaucoup ; mais comme en ses affaires
Il se trouve assez neuf, et ne voit encor guères[108],
Que son bien, la plupart, n'est point en ces quartiers,
Ou que ce qu'il y tient consiste en des papiers,

---

103 Supporter, tolérer.
104 Manifestation de sa douleur.
105 Hypocondriaque, comme fou de douleur, à cause des vapeurs qui s'élèvent
de *l'hypocondre*, du foie, de la rate, de l'estomac.
106 Pousser, porter (le mot *semondre* est vieilli).
107 Gratifier.
108 Ne voit pas encore clair dans ses affaires.

525   Il voudrait vous prier, en suite de l'instance
        D'excuser[109] de tantôt son trop de violence,
        De lui prêter au moins pour ce dernier devoir…

ANSELME

Tu me l'as déjà dit, et je m'en vais le voir.

MASCARILLE[110]

Jusques ici du moins tout va le mieux du monde.
530   Tâchons à ce progrès que le reste réponde ;
        Et de peur de trouver dans le port un écueil,
        Conduisons le vaisseau de la main et de l'œil.

Scène 3   [31]
LÉLIE, ANSELME, MASCARILLE

ANSELME

Sortons. Je ne saurais qu'avec douleur très forte
Le voir empaqueté[111] de cette étrange sorte.
535   Las ! en si peu de temps ! il vivait ce matin !

MASCARILLE

En peu de temps parfois on fait bien du chemin.

LÉLIE

Ah[112] !

---

109 Après vous avoir demandé de l'excuser.
110 Seul dès lors en scène.
111 Pendant le court monologue de Mascarille, Anselme a vu le paquet du
    mannequin feint, du « fantôme ».
112 Sans varier son rôle d'un pouce, puisqu'il doit garder le silence ordonné
    par Mascarille, Lélie va se contenter de pleurer en poussant la même
    exclamation tout au long de la scène.

ANSELME

Mais quoi ? cher Lélie, enfin il était homme :
On n'a point pour la mort de dispense de Rome[113].

LÉLIE

Ah !

ANSELME

Sans leur dire gare elle abat les humains,
540   Et contre eux de tout temps a de mauvais desseins.

LÉLIE

Ah !

ANSELME

Ce fier animal[114], pour toutes les prières,
Ne perdrait pas un coup de ses dents meurtrières ;
Tout le monde y passe.

LÉLIE
Ah !

MASCARILLE   [C iij][32]
                    Vous avez beau prêcher,
Ce deuil enraciné ne se peut arracher.

ANSELME

545   Si malgré ces raisons votre ennui[115] persévère,
Mon cher Lélie, au moins, faites qu'il se modère !

---

113 L'autorité romaine accorde diverses exemptions aux obligations des
     chrétiens.
114 Cette bête féroce (la mort).
115 Tourment, chagrin proche du désespoir (sens fort au XVIIᵉ siècle).

LÉLIE

Ah !

MASCARILLE

Il n'en fera rien, je connais son humeur[116].

ANSELME

Au reste, sur l'avis de votre serviteur,
J'apporte ici l'argent qui vous est nécessaire
550 Pour faire célébrer les obsèques d'un père...

LÉLIE

Ah ! Ah[117] !

MASCARILLE

　　　Comme à ce mot s'augmente sa douleur !
Il ne peut sans mourir songer à ce malheur.

ANSELME

Je sais que vous verrez aux papiers du bonhomme
Que je suis débiteur d'une plus grande somme.
555 Mais quand par ces raisons je ne vous devrais rien,
Vous pourriez librement disposer de mon bien.
Tenez, je suis tout vôtre et le ferai paraître.

LÉLIE *s'en allant*

Ah !

MASCARILLE

Le grand déplaisir[118] que sent Monsieur mon maître !

---

116 Son tempérament porté à l'hypocondrie (voir le vers 509).
117 Amusant redoublement de l'exclamation, où l'on peut deviner la joie
　　 d'avoir obtenu l'argent !
118 Douleur profonde, désespoir (sens fort au XVIIᵉ siècle).

ANSELME

Mascarille, je crois qu'il serait à propos
560 Qu'il me fît de sa main un reçu de deux mots.

MASCARILLE

Ah !

ANSELME

Des événements l'incertitude est grande. [33]

MASCARILLE

Ah !

ANSELME

Faisons-lui signer le mot que je demande.

MASCARILLE

Las ! en l'état qu'il est, comment vous contenter ?
Donnez-lui le loisir de se désattrister ;
565 Et quand ses déplaisirs prendront quelque allégeance[119],
J'aurai soin d'en tirer d'abord votre assurance[120].
Adieu ! Je sens mon cœur qui se gonfle d'ennui,
Et m'en vais tout mon soûl pleurer avecque lui.
Ah !

ANSELME, *seul*

Le monde est rempli de beaucoup de traverses.

---

119 Soulagement, allègement (vieilli au XVIIᵉ siècle).
120 Quand on prête son argent, on veut avoir des assurances, des cautions,
   ici le reçu de la somme prêtée pour les supposés obsèques.

570   Chaque homme tous les jours en ressent de diverses,
       Et jamais ici bas…

Scène 4
PANDOLFE, ANSELME

ANSELME
            Ah ! bons[121] dieux, je frémis !
Pandolfe qui revient ! fût-il bien endormi[122] !
Comme depuis sa mort sa face est amaigrie !
Las ! ne m'approchez pas de plus près, je vous prie ;
575   J'ai trop de répugnance à coudoyer un mort.   [34]

PANDOLFE
D'où peut donc provenir ce bizarre[123] transport ?

ANSELME
Dites-moi de bien loin quel sujet vous amène.
Si pour me dire adieu vous prenez tant de peine,
C'est trop de courtoisie, et véritablement,
580   Je me serais passé de votre compliment.
Si votre âme est en peine et cherche des prières,
Las ! je vous en promets, et ne m'effrayez guères !
Foi d'homme épouvanté, je vais faire à l'instant
Prier tant Dieu pour vous que vous en serez content.
585   Disparaissez donc, je vous prie,
            Et que le Ciel, par sa bonté,
            Comble de joie et de santé
            Votre défunte seigneurie !

---

121 Original : *bon* ; faute évidente à corriger.
122 Croyant voir le fantôme de Pandolfe, Anselme formule le souhait que
    Pandolfe soit bel et bien mort et n'apparaisse plus en revenant.
123 Fantasque, extravagant.

PANDOLFE, *riant*

Malgré tout mon dépit, il m'y faut prendre part[124].

ANSELME

590   Las ! pour un trépassé vous êtes bien gaillard !

PANDOLFE

Est-ce jeu ? dites-nous, ou bien si c'est folie,
Qui traite de défunt une personne en vie ?

ANSELME

Hélas ! vous êtes mort, et je viens de vous voir.

PANDOLFE

Quoi ? J'aurais trépassé sans m'en apercevoir ?

ANSELME

595   Sitôt que Mascarille en a dit la nouvelle,
J'en ai senti dans l'âme une douleur mortelle.

PANDOLFE

Mais enfin, dormez-vous ? êtes-vous éveillé ?
Me connaissez-vous pas ?

ANSELME   [35]
                              Vous êtes habillé
D'un corps aérien[125] qui contrefait le vôtre,
600   Mais qui dans un moment peut devenir tout autre.
Je crains fort de vous voir comme un géant grandir,
Et tout votre visage affreusement laidir.
Pour Dieu ne prenez point de vilaine figure !

---

124 Comprendre : au lieu de m'irriter, rire de cette confusion.
125 Comme les anges ou les démons, dont le corps aérien peut se transformer.

J'ai prou[126] de ma frayeur en cette conjoncture[127].

PANDOLFE

605 En une autre saison, cette naïveté
Dont vous accompagnez votre crédulité,
Anselme, me serait un charmant badinage[128],
Et j'en prolongerais le plaisir davantage.
Mais avec cette mort un trésor supposé,
610 Dont parmi les chemins on m'a désabusé,
Fomente dans mon âme un soupçon légitime.
Mascarille est un fourbe, et fourbe fourbissime,
Sur qui ne peuvent rien la crainte et le remords,
Et qui pour ses desseins a d'étranges ressorts.

ANSELME

615 M'aurait-on joué pièce et fait supercherie ?
Ah ! vraiment, ma raison, vous seriez fort jolie !
Touchons un peu pour voir. En effet, c'est bien lui.
Malepeste du sot que je suis aujourd'hui !
De grâce, n'allez pas divulguer un tel conte :
620 On en ferait jouer quelque farce à ma honte.
Mais, Pandolfe, aidez-moi vous-même à retirer[129]
L'argent que j'ai donné pour vous faire enterrer.

PANDOLFE

De l'argent, dites-vous ? ah ! c'est donc l'enclouure[130].
Voilà le nœud secret de toute l'aventure ;

---

126 Beaucoup, trop.
127 L'orignal porte *conjecture* ; il faut corriger.
128 Comprendre : cette simplicité, cette candeur naturelle (*naïveté*) qui vous
    fait si crédule me serait un sujet de plaisanterie (*badinage*).
129 Récupérer.
130 Difficulté, point sensible. Voilà à quoi devait mener la ruse sinistre :
    trouver de l'argent.

625 À votre dam[131]. Pour moi, sans m'en mettre en souci,
Je vais faire informer de cette affaire ici,
Contre ce Mascarille[132] ; et si l'on peut le prendre, [36]
Quoi qu'il puisse coûter, je veux le faire pendre.

ANSELME[133]

Et moi, la bonne dupe, à trop croire un vaurien,
630 Il faut donc qu'aujourd'hui je perde et sens et bien ?
Il me sied bien, ma foi, de porter tête grise,
Et d'être encor si prompt à faire une sottise !
D'examiner si peu sur un premier rapport...
Mais je vois...

Scène 5
LÉLIE, ANSELME

LÉLIE
Maintenant, avec ce passeport[134],
635 Je puis à Trufaldin rendre aisément visite.

ANSELME
À ce que je puis voir, votre douleur vous quitte ?

LÉLIE
Que dites-vous ? Jamais elle ne quittera
Un cœur qui chèrement toujours la nourrira.

---

131 À votre dommage, à votre détriment.
132 Je vais faire ouvrir une information judiciaire contre Mascarille.
133 Désormais seul en scène.
134 Avec l'argent soutiré à Anselme, Lélie va pouvoir racheter Célie à
   Trufaldin.

ANSELME

Je reviens sur mes pas vous dire, avec franchise,
640   Que tantôt avec vous j'ai fait une méprise ;
Que parmi ces louis, quoiqu'ils semblent très beaux,
J'en ai sans y penser mêlé que je tiens faux,
Et j'apporte sur moi de quoi mettre en leur place. [37]
De nos faux-monnayeurs l'insupportable audace
645   Pullule en cet État d'une telle façon,
Qu'on ne reçoit plus rien qui soit hors de soupçon.
Mon Dieu ! qu'on ferait bien de les faire tous pendre[135] !

LÉLIE

Vous me faites plaisir de les vouloir reprendre.
Mais je n'en ai point vu de faux, comme je crois.

ANSELME

650   Je les connaîtrai bien. Montrez, montrez-les moi !
Est-ce tout ?

LÉLIE

            Oui.

ANSELME

                Tant mieux. Enfin je vous raccroche,
Mon argent bien aimé ; rentrez dedans ma poche !
Et vous, mon brave escroc, vous ne tenez plus rien.
Vous tuez donc des gens qui se portent fort bien ?
655   Et qu'auriez-vous donc fait sur moi, chétif beau-père ?
Ma foi, je m'engendrais[136] d'une belle manière !

---

135 Abondance des faux-monnayeurs, en effet, malgré le nombre des
    exécutions.
136 Je me donnais un gendre. Toinette, s'adressant à Argan, reprendra le
    mot à propos de Thomas Diafoirus (*Le Malade imaginaire*, II, 4).

Et j'allais prendre en vous un beau-fils fort discret[137].
Allez, allez mourir de honte, et de regret !

LÉLIE[138]

Il faut dire : « J'en tiens[139] ». Quelle surprise extrême !
660   D'où peut-il avoir su si tôt le stratagème ?

Scène 6   [D] [38]
MASCARILLE, LÉLIE

MASCARILLE

Quoi ? Vous étiez sorti ? Je vous cherchais partout.
Eh bien ! en sommes-nous enfin venus à bout ?
Je le donne en six coups[140] au fourbe le plus brave.
Çà, donnez-moi que j'aille acheter notre esclave !
665   Votre rival après sera bien étonné.

LÉLIE

Ah ! mon pauvre garçon, la chance a bien tourné.
Pourrais-tu de mon sort deviner l'injustice ?

MASCARILLE

Quoi ? que serait-ce[141] ?

LÉLIE

Anselme, instruit de l'artifice,
M'a repris maintenant tout ce qu'il nous prêtait,

---

137 Qui a du discernement, de l'intelligence.
138 Seul.
139 *En tenir*, c'est être dupe, être trompé.
140 FUR. éclaire l'expression avec cette explication : « Ce tour est difficile
     à faire, je vous le donne en dix coups ».
141 Original : *Que ce serait-ce ?* Nous corrigeons.

670   Sous couleur de changer de l'or que l'on doutait[142].

MASCARILLE

Vous vous moquez peut-être ?

LÉLIE

Il[143] est trop véritable.

MASCARILLE

Tout de bon ?

LÉLIE

Tout de bon ; j'en suis inconsolable.
Tu te vas emporter d'un courroux sans égal.   [39]

MASCARILLE

Moi, Monsieur ? Quelque sot[144] ! la colère fait mal ;
675   Et je veux me choyer, quoi qu'enfin il arrive.
Que Célie après tout soit ou libre ou captive ;
Que Léandre l'achète, ou qu'elle reste là,
Pour moi, je m'en soucie autant que de cela[145].

LÉLIE

Ah ! n'aye[146] point pour moi si grande indifférence,
680   Et sois plus indulgent à ce peu d'imprudence.
Sans ce dernier malheur, ne m'avoueras-tu pas
Que j'avais fait merveille, et qu'en ce feint trépas
J'éludais[147] un chacun d'un deuil si vraisemblable
Que les plus clairvoyants l'auraient cru véritable ?

---

142 Que l'on mettait en doute, que l'on tenait pour suspect.
143 *Il* neutre : cela.
144 Un sot réagirait ainsi, pas moi !
145 C'est-à-dire : je ne m'en soucie pas du tout.
146 La graphie ancienne permet les deux syllabes.
147 *Éluder* : tromper, mystifier.

MASCARILLE

685 Vous avez en effet sujet de vous louer.

LÉLIE

Eh bien ! je suis coupable, et je veux l'avouer.
Mais si jamais mon bien te fut considérable[148],
Répare ce malheur, et me sois secourable !

MASCARILLE

Je vous baise les mains, je n'ai pas le loisir.

LÉLIE

690 Mascarille, mon fils !

MASCARILLE
                           Point.

LÉLIE
                                        Fais-moi ce plaisir !

MASCARILLE

Non, je n'en ferai rien.

LÉLIE
                           Si tu m'es inflexible,
Je m'en vais me tuer.

MASCARILLE   [D ij] [40]
                           Soit, il vous est loisible.

LÉLIE

Je ne te puis fléchir ?

---

148 *Considérable* : digne de considération.

MASCARILLE
Non.

LÉLIE
                    Vois-tu le fer prêt ?

MASCARILLE
Oui.

LÉLIE
Je vais le pousser.

MASCARILLE
                    Faites ce qu'il vous plaît !

LÉLIE
695   Tu n'auras pas regret de m'arracher la vie ?

MASCARILLE
Non.

LÉLIE
Adieu, Mascarille.

MASCARILLE
                    Adieu, Monsieur Lélie.

LÉLIE
Quoi ?…

MASCARILLE
Tuez-vous donc vite ! Ah ! que de longs
                              [devis[149] !

---

149 Bavardages.

LÉLIE

Tu voudrais bien, ma foi, pour avoir mes habits,
Que je fisse le sot, et que je me tuasse.

MASCARILLE

700 Savais-je pas qu'enfin ce n'était que grimace,
Et, quoi que ces esprits jurent d'effectuer,
Qu'on n'est point aujourd'hui si prompt à se tuer ?

Scène 7[150]   [41]
LÉANDRE, TRUFALDIN, LÉLIE, MASCARILLE[151]

LÉLIE

Que vois-je ? mon rival et Trufaldin ensemble !
Il achète Célie. Ah ! de frayeur je tremble.

MASCARILLE

705 Il ne faut point douter qu'il fera ce qu'il peut,
Et, s'il a de l'argent, qu'il pourra ce qu'il veut.
Pour moi, j'en suis ravi. Voilà la récompense
De vos brusques erreurs, de votre impatience.

LÉLIE

Que dois-je faire ? dis, veuille me conseiller !

MASCARILLE

710 Je ne sais.

---

150 *Cf. L'Inavvertito*, II, 6.
151 Une didascalie de 1682 précise que Trufaldin parle bas à l'oreille de
Léandre.

LÉLIE

Laisse-moi, je vais le quereller[152].

MASCARILLE

Qu'en arrivera-t-il[153] ?

LÉLIE

Que veux-tu que je fasse
Pour empêcher ce coup ?

MASCARILLE

Allez, je vous fais grâce ;
Je jette encore un œil pitoyable[154] sur vous.
Laissez-moi l'observer ; par des moyens plus doux
715   Je vais, comme je crois, savoir ce qu'il projette.

TRUFALDIN   [D iij] [42]

Quand on viendra tantôt, c'est une affaire faite.

MASCARILLE

Il faut que je l'attrape, et que de ses desseins
Je sois le confident pour mieux les rendre vains.

LÉANDRE[155]

Grâces au Ciel, voilà mon bonheur hors d'atteinte !
720   J'ai su me l'assurer, et je n'ai plus de crainte.
Quoi que désormais puisse entreprendre un rival,
Il n'est plus en pouvoir de me faire du mal.

---

152 Entrer en dispute avec lui, le défier.
153 Original : *Qu'en arrivera-il ?* Il faut rajouter le *t* euphonique.
154 Compatissant.
155 Ayant conclu avec Trufaldin, Léandre est seul pendant les quatre vers
    qui suivent, avant d'être attiré par les cris de Mascarille qui commence
    sa comédie.

MASCARILLE[156]

Ahi ! Ahi[157] ! à l'aide ! au meurtre ! au secours, on
  m'assomme !
Ah ! ah ! ah ! ah ! ah ! ah ! ô traître ! ô bourreau
  d'homme !

LÉANDRE

725 D'où procède cela ? qu'est-ce ? que te fait-on ?

MASCARILLE

On vient de me donner deux cents coups de bâton.

LÉANDRE

Qui ?

MASCARILLE

   Lélie.

LÉANDRE

   Et pourquoi ?

MASCARILLE

      Pour une bagatelle,
Il me chasse et me bat d'une façon cruelle.

LÉANDRE

Ah ! Vraiment il a tort.

MASCARILLE

     Mais, ou je ne pourrai,
730 Ou je jure bien fort que je m'en vengerai.

---

156 *Cf. L'Inavvertito*, II, 9.
157 Chaque *Ahi* ne compte que pour une syllabe.

Oui, je te ferai voir, batteur que Dieu confonde,
Que ce n'est pas pour rien qu'il faut rouer[158] le
[monde,
Que je suis un valet, mais fort homme d'honneur, [43]
Et qu'après m'avoir eu quatre ans pour serviteur,
735   Il ne me fallait pas payer en coups de gaules,
Et me faire un affront si sensible[159] aux épaules.
Je te le dis encor, je saurai m'en venger.
Une esclave te plaît ; tu voulais m'engager
À la mettre en tes mains, et je veux faire en sorte
740   Qu'un autre te l'enlève, ou le diable m'emporte !

LÉANDRE

Écoute, Mascarille, et quitte ce transport[160] !
Tu m'as plu de tout temps, et je souhaitais fort
Qu'un garçon comme toi, plein d'esprit et fidèle,
À mon service un jour pût attacher son zèle.
745   Enfin, si le parti te semble bon pour toi,
Si tu veux me servir, je t'arrête[161] avec moi.

MASCARILLE

Oui, Monsieur ! d'autant mieux que le destin propice
M'offre à me bien venger en vous rendant service,
Et que dans mes efforts pour vos contentements,
750   Je puis à mon brutal trouver des châtiments.
De Célie, en un mot, par mon adresse extrême…

---

158 *Rouer*, au sens propre, c'est soumettre au supplice de la roue. Figurément :
   faire souffrir, par exemple par des coups de bâton sur le corps, comme
   ceux dont veut se venger Mascarille.
159 Mascarille joue un peu avec les mots : il en a cuit à ses épaules (les coups
   de gaule ont été *sensibles*, au sens physique) ; mais un *affront si sensible* est
   du style élevé, au sens moral.
160 Ce mouvement de colère.
161 Je te retiens.

LÉANDRE

Mon amour s'est rendu cet office[162] lui-même :
Enflammé d'un objet qui n'a point de défaut,
Je viens de l'acheter moins encor qu'il ne vaut.

MASCARILLE

755   Quoi ? Célie est à vous ?

LÉANDRE

                              Tu la verrais paraître,
Si de mes actions j'étais tout à fait maître.
Mais quoi ! Mon père l'est : comme il a volonté,
Ainsi que je l'apprends d'un paquet[163] apporté,
De me déterminer à l'hymen d'Hippolyte,
760   J'empêche qu'un rapport de tout ceci l'irrite.
Donc avec Trufaldin, car je sors de chez lui, [D iiij] [44]
J'ai voulu tout exprès agir au nom d'autrui ;
Et l'achat fait, ma bague est la marque choisie,
Sur laquelle au premier[164] il doit livrer Célie.
765   Je songe auparavant à chercher les moyens
D'ôter aux yeux de tous ce qui charme les miens,
À trouver promptement un endroit favorable
Où puisse être en secret cette captive aimable[165].

MASCARILLE

Hors de la ville un peu, je puis avec raison,
770   D'un vieux parent que j'ai vous offrir la maison.
Là, vous pourrez la mettre avec toute assurance,
Et de cette action nul n'aura connaissance.

---

162 Ce service.
163 Un *paquet* est un groupe de lettres adressées à un destinataire. Léandre
    fait allusion à un seul courrier précis.
164 Au premier venu qui présentera la bague.
165 Digne d'être aimée.

LÉANDRE

Oui, ma foi, tu me fais un plaisir souhaité.
Tiens donc[166], et va pour moi prendre cette beauté.
775 Dès que par Trufaldin ma bague sera vue,
Aussitôt en tes mains elle sera rendue ;
Et dans cette maison tu me la conduiras
Quand… Mais chut, Hippolyte est ici sur nos pas.

Scène 8   [45]
HIPPOLYTE, LÉANDRE, MASCARILLE[167]

HIPPOLYTE

Je dois vous annoncer, Léandre, une nouvelle[168] ;
780 Mais la trouverez-vous agréable, ou cruelle ?

LÉANDRE

Pour en pouvoir juger, et répondre soudain,
Il faudrait la savoir.

HIPPOLYTE

                    Donnez-moi donc la main
Jusqu'au temple[169] ; en marchant je pourrai vous
                                    [l'apprendre.

LÉANDRE

Va, va-t'en me servir sans davantage attendre !

MASCARILLE[170]

785 Oui, je te vais servir d'un plat de ma façon.

---

166 Léandre donne la bague à Mascarille.
167 *Cf. L'Inavvertito*, II, 10.
168 Cette nouvelle peut être le projet de mariage entre Léandre et Hippolyte.
169 Pour éviter le mot église, on le remplace généralement par *temple*.
170 Mascarille est alors seul.

Fut-il jamais au monde un plus heureux garçon ?
Oh ! que dans un moment Lélie aura de joie !
Sa maîtresse en nos mains tomber par cette voie !
Recevoir tout son bien d'où l'on attend le mal !
790   Et devenir heureux par la main d'un rival !
Après ce rare exploit, je veux que l'on s'apprête
À me peindre en héros, un laurier sur la tête,
Et qu'au bas du portrait on mette en lettres d'or :
Vivat Mascarillus, fourbum imperator[171].

Scène 9   [46]
TRUFALDIN, MASCARILLE

MASCARILLE

795   Holà !

TRUFALDIN

Que voulez-vous ?

MASCARILLE

             Cette bague connue[172]
Vous dira le sujet qui cause ma venue.

TRUFALDIN

Oui, je reconnais bien la bague que voilà.
Je vais quérir l'esclave ; arrêtez un peu là.

---

171 « Vive Mascarille, l'empereur des fourbes » (mais *fourbum* est une forme
     macaronique, non classique).
172 Une fois reconnue. *Cf. L'Inavvertito*, II, 13.

Scène 10   [47]

LE COURRIER, TRUFALDIN, MASCARILLE

LE COURRIER

Seigneur[173], obligez-moi de m'enseigner un
    homme[174]…

TRUFALDIN

800   Et qui ?

LE COURRIER

Je crois que c'est Trufaldin qu'il se nomme.

TRUFALDIN

Et que lui voulez-vous ? Vous le voyez ici.

LE COURRIER

Lui rendre seulement la lettre que voici.

LETTRE

Le Ciel, dont la bonté prend souci de ma vie,
Vient de me faire ouïr[175] par un bruit assez doux,
805   *Que ma fille, à quatre ans par des voleurs ravie,*
Sous le nom de Célie est esclave chez vous.

Si vous sûtes jamais ce que c'est qu'être père,
Et vous trouvez sensible aux tendresses du sang,
Conservez-moi chez vous cette fille si chère,
810   *Comme si de la vôtre elle tenait le rang.*

---

173 Le courrier s'adresse à Trufaldin.
174 Ayez l'obligeance de m'indiquer. *Cf. L'Inavvertito*, II, 15, pour la ruse,
     différente, imaginée par Lélie.
175 Diérèse.

Pour l'aller retirer, je pars d'ici moi-même,   [48]
Et vous vais de vos soins récompenser si bien
Que par votre bonheur que je veux rendre extrême,
Vous bénirez le jour où vous causez le mien.
De Madrid,

                        Dom Pedro de Gusman,
                        Marquis de Montalcane.

TRUFALDIN

815   Quoiqu'à leur nation[176] bien peu de foi soit due,
      Ils me l'avaient bien dit, ceux qui me l'ont vendue,
      Que je verrais dans peu quelqu'un la retirer,
      Et que je n'aurais pas sujet d'en murmurer.
      Et cependant j'allais, par mon impatience,
820   Perdre aujourd'hui les fruits d'une haute espérance.
      Un seul moment plus tard tous vos[177] pas étaient vains :
      J'allais mettre en l'instant cette fille en ses mains[178].
      Mais suffit ! J'en aurai tout le soin qu'on désire.
      Vous-même[179] vous voyez ce que je viens de lire :
825   Vous direz à celui qui vous a fait venir
      Que je ne lui saurais ma parole tenir.
      Qu'il vienne retirer son argent !

MASCARILLE

                              Mais l'outrage
      Que vous lui faites…

TRUFALDIN

                        Va, sans causer davantage !

---

176 La nation des Égyptiens ou bohémiens, qui ont volé Célie, puis l'ont
    vendue à Trufaldin. – Diérèse sur *nation*.
177 Trufaldin s'adresse au Courrier.
178 Dans les mains de Mascarille.
179 Trufaldin s'adresse alors à Mascarille.

MASCARILLE[180]

Ah! le fâcheux paquet[181] que nous venons d'avoir!
830   Le sort a bien donné la baye[182] à mon espoir!
Et bien à la male heure[183] est-il venu d'Espagne,   [49]
Ce courrier que la foudre ou la grêle accompagne[184]!
Jamais, certes, jamais plus beau commencement
N'eut en si peu de temps plus triste événement[185].

Scène 11[186]
LÉLIE, MASCARILLE

MASCARILLE
835   Quel beau transport de joie à présent vous inspire?

LÉLIE
Laisse-m'en rire encore avant que te le dire.

MASCARILLE
Çà, rions donc bien fort, nous en avons sujet.

LÉLIE
Ah! je ne serai plus de tes plaintes l'objet.
Tu ne me diras plus, toi qui toujours me cries[187],

---

180 Seul.
181 Mascarille joue sur les mots : *paquet*, c'est le courrier qu'on vient de lire
et aussi, au figuré, la malice faite à quelqu'un, le mécompte.
182 FUR. définit ainsi *baye* : « plaisanterie qu'on fait aux dépens de quelqu'un à
qui on donne de grandes espérances, ou à qui on fait peur de quelque chose
qui n'est pas vrai ». *Donner la baye*, c'est donc tromper. – *Baye* : une syllabe.
183 À la mauvaise heure, à contretemps.
184 *Accompagne* est un subjonctif de souhait : ce courrier dont je souhaite
que la foudre ou la grêle l'accompagne.
185 Triste issue.
186 *Cf. L'Inavvertito*, III, 2.
187 FUR. : « *Crier* : quereller et gronder ou réprimander ses inférieurs […].
Cet homme ne peut garder ses valets, il les *crie* trop ». C'est, ici, le maître

840   Que je gâte en brouillon toutes tes fourberies.
       J'ai bien joué moi-même un tour des plus adroits.
       Il est vrai, je suis prompt, et m'emporte parfois ;
       Mais pourtant, quand je veux, j'ai l'imaginative[188]
       Aussi bonne en effet que personne qui vive ;
845   Et toi-même avoueras que ce que j'ai fait part
       D'une pointe d'esprit où peu de monde a part.

                      MASCARILLE   [E] [50]
       Sachons donc ce qu'a fait cette imaginative.

                          LÉLIE
       Tantôt, l'esprit ému d'une frayeur bien vive
       D'avoir vu Trufaldin avecque mon rival,
850   Je songeais à trouver un remède à ce mal,
       Lorsque me ramassant tout entier en moi-même,
       J'ai conçu, digéré[189], produit un stratagème
       Devant qui tous les tiens, dont tu fais tant de cas,
       Doivent sans contredit mettre pavillon bas.

                      MASCARILLE
855   Mais qu'est-ce ?

                          LÉLIE
                      Ah ! s'il te plaît, donne-toi patience !
       J'ai donc feint une lettre avecque diligence,
       Comme d'un grand seigneur écrite à Trufaldin,
       Qui mande qu'ayant su par un heureux destin
       Qu'une esclave qu'il tient sous le nom de Célie
860   Est sa fille, autrefois par des voleurs ravie,

---

qui se plaint des remontrances de son valet…
188 L'imagination.
189 Organisé, combiné.

Il veut la venir prendre, et le conjure au moins
De la garder toujours, de lui rendre des soins ;
Qu'à ce sujet il part d'Espagne, et doit pour elle
Par de si grands présents reconnaître son zèle,
865   Qu'il n'aura point regret de causer son bonheur.

MASCARILLE

Fort bien.

LÉLIE

Écoute donc, voici bien le meilleur.
La lettre que je dis a donc été remise.
Mais sais-tu bien comment ? en saison si bien prise,
Que le porteur m'a dit que sans ce trait falot[190],
870   Un homme l'emmenait, qui s'est trouvé fort sot.

MASCARILLE   [51]

Vous avez fait ce coup sans vous donner au diable[191] ?

LÉLIE

Oui, d'un tour si subtil m'aurais-tu cru capable ?
Loue au moins mon adresse, et la dextérité
Dont je romps d'un rival le dessein concerté.

MASCARILLE

875   À vous pouvoir louer selon votre mérite,
Je manque d'éloquence, et ma force est petite.
Oui, pour bien étaler cet effort relevé,
Ce bel exploit de guerre à nos yeux achevé,
Ce grand et rare effet d'une imaginative,
880   Qui ne cède en vigueur à personne qui vive,

---

190 Plaisant, drôle, grotesque (mot populaire au XVIIe siècle).
191 Sans vous laisser inspirer par le diable.

Ma langue est impuissante, et je voudrais avoir
Celles de tous les gens du plus exquis savoir,
Pour vous dire en beaux vers, ou bien en docte prose,
Que vous serez toujours, quoi que l'on se propose,
885   Tout ce que vous avez été durant vos jours,
C'est-à-dire un esprit chaussé tout à rebours,
Une raison malade, et toujours en débauche,
Un envers du bon sens, un jugement à gauche,
Un brouillon, une bête, un brusque, un étourdi,
890   Que sais-je? un... cent fois plus encor que je ne dis.
C'est faire en abrégé votre panégyrique.

LÉLIE

Apprends-moi le sujet qui contre moi te pique!
Ai-je fait quelque chose? éclaircis-moi ce point!

MASCARILLE

Non, vous n'avez rien fait; mais ne me suivez point!

LÉLIE

895   Je te suivrai partout, pour savoir ce mystère

MASCARILLE   [E ij] [52]

Oui? sus donc, préparez vos jambes à bien faire,
Car je vais vous fournir de quoi les exercer.

LÉLIE

Il m'échappe! Oh! malheur qui ne se peut forcer[192]!
Au discours qu'il m'a fait que saurais-je comprendre?
900   Et quel mauvais office aurais-je pu me rendre?

Fin du second Acte.

_____

192 Surmonter.

ACTE III   [53]

Scène PREMIÈRE

MASCARILLE, *seul*

Taisez-vous, ma bonté, cessez votre entretien[193] ;
Vous êtes une sotte et je n'en ferai rien.
Oui, vous avez raison, mon courroux, je l'avoue :
Relier tant de fois ce qu'un brouillon dénoue,
905   C'est trop de patience[194] ; et je dois en sortir
Après de si beaux coups qu'il a su divertir[195].
Mais aussi, raisonnons un peu sans violence.
Si je suis maintenant ma juste impatience[196],
On dira que je cède à la difficulté,
910   Que je me trouve à bout de ma subtilité.
Et que deviendra lors cette publique estime,
Qui te vante partout pour un fourbe sublime,
Et que tu t'es acquise en tant d'occasions,
À ne t'être jamais vu court d'inventions ?
915   L'honneur, ô Mascarille, est une belle chose.
À tes nobles travaux ne fais aucune pause ;
Et, quoi qu'un maître ait fait pour te faire
                                   [enrager, [E iij] [54]
Achève pour ta gloire, et non pour l'obliger.
Mais quoi ? que feras-tu que de l'eau toute claire[197],

---

193 Comme les héros de la tragédie qu'il parodie dans ce monologue,
      Mascarille commence par s'adresser à lui-même et à ses vertu (*bonté*) et
      sentiment (*courroux*).
194 Diérèse.
195 Détourner, c'est-à-dire faire échouer.
196 Deux autres diérèses à la rime.
197 « On dit de celui qui entreprend quelque chose au-delà de ses forces
      qu'il n'y fera que de l'eau toute claire » (FUR.).

920 Traversé[198] sans repos par ce démon contraire ?
Tu vois qu'à chaque instant il te fait déchanter[199],
Et que c'est battre l'eau[200] que prétendre arrêter
Ce torrent effréné, qui de tes artifices
Renverse en un moment les plus beaux édifices.
925 Eh bien ! pour toute grâce, encore un coup du moins,
Au hasard du succès[201] sacrifions des soins ;
Et s'il poursuit encore à rompre notre chance,
J'y consens, ôtons-lui toute notre assistance.
Cependant notre affaire encor n'irait pas mal,
930 Si par là nous pouvions perdre notre rival,
Et que Léandre enfin, lassé de sa poursuite,
Nous laissât jour entier[202] pour ce que je médite.
Oui, je roule en ma tête un trait ingénieux,
Dont je promettrais bien un succès glorieux,
935 Si je puis n'avoir plus cet obstacle à combattre.
Bon, voyons si son feu se rend opiniâtre.

Scène 2
LÉANDRE, MASCARILLE

MASCARILLE
Monsieur, j'ai perdu temps, votre homme se dédit.

---

198 Contrarié, gêné.
199 *Déchanter* : changer de ton, rabattre de ses prétentions et de ses espérances.
En signalant le mot *déchanter* comme bas et burlesque, RIC. traduit plus
précisément le vers de Molière : « Il te fait faire ou dire le contraire de
ce que tu avais fait ou dit ».
200 *Battre l'eau*, c'est travailler en vain et prendre une peine inutile.
201 Sens neutre de *succès* ; comprendre : quelle que soit l'issue.
202 Plutôt que « une journée entière », il faut comprendre ici jour au sens
de « facilité, moyen pour venir à bout de quelque affaire ».

LÉANDRE

De la chose lui-même il m'a fait un récit.
Mais c'est bien plus, j'ai su que tout ce beau
[mystère [55]
940 D'un rapt d'Égyptiens, d'un grand seigneur pour
[père,
Qui doit partir d'Espagne et venir en ces lieux,
N'est qu'un pur stratagème, un trait facétieux,
Une histoire à plaisir²⁰³, un conte dont²⁰⁴ Lélie
A voulu détourner notre achat de Célie.

MASCARILLE

945 Voyez un peu la fourbe !

LÉANDRE

                                                Et pourtant Trufaldin
Est si bien imprimé²⁰⁵ de ce conte badin,
Mord si bien à l'appât de cette faible ruse,
Qu'il ne veut point souffrir que l'on le désabuse.

MASCARILLE

C'est pourquoi désormais il la gardera bien,
950 Et je ne vois pas lieu d'y prétendre plus rien.

LÉANDRE

Si d'abord à mes yeux elle parut aimable,
Je viens de la trouver tout à fait adorable,
Et je suis en suspens si, pour me l'acquérir,
Aux extrêmes moyens je ne dois point courir,
955 Par le don de ma foi rompre sa destinée,

---

203 Inventée.
204 Au moyen duquel.
205 A reçu une impression si profonde.

Et changer ses liens en ceux de l'hyménée.

MASCARILLE

Vous pourriez l'épouser !

LÉANDRE

Je ne sais. Mais enfin,
Si quelque obscurité se trouve en son destin,
Sa grâce et sa vertu sont de douces amorces,
960   Qui pour tirer les cœurs ont d'incroyables forces.

MASCARILLE

Sa vertu, dites-vous ?

LÉANDRE   [E iiij] [56]

Quoi ? que murmures-tu ?
Achève, explique-toi sur ce mot de vertu !

MASCARILLE

Monsieur, votre visage en un moment s'altère,
Et je ferai bien mieux peut-être de me taire.

LÉANDRE

965   Non, non, parle !

MASCARILLE

Eh bien donc ! très charitablement,
Je vous veux retirer de votre aveuglement.
Cette fille...

LÉANDRE

Poursuis !

MASCARILLE
                    N'est rien moins qu'inhumaine.
Dans le particulier elle oblige sans peine,
Et son cœur, croyez-moi, n'est point roche après tout,
970   À quiconque la sait prendre par le bon bout.
Elle fait la sucrée[206], et veut passer pour prude ;
Mais je puis en parler avecque certitude :
Vous savez que je suis quelque peu d'un métier
À me devoir connaître en un pareil gibier[207].

LÉANDRE
975   Célie…

MASCARILLE
                    Oui, sa pudeur n'est que franche grimace,
Qu'une ombre de vertu qui garde mal la place,
Et qui s'évanouit, comme l'on peut savoir,
Aux rayons du soleil qu'une bourse fait voir[208].

LÉANDRE
Las ! que dis-tu ? croirai-je un discours de la sorte ?

MASCARILLE   [57]
980   Monsieur, les volontés sont libres, que m'importe ?
Non, ne me croyez pas, suivez votre dessein,
Prenez cette matoise, et lui donnez la main[209] !

---

206 La dissimulée, la prude, affectant « des manières douces et honnêtes
    pour couvrir ses coquetteries secrètes » (FUR.).
207 Une fille *du gibier* est une fille peu recommandable (digne d'être chassée
    comme on fait le gibier), une fille publique.
208 La vertu s'évanouit quand paraissent les écus que fait voir une bourse ; on
    appelait en effet *un écu au soleil* « un écu d'or au haut duquel se trouvait
    une petite figure du soleil » (FUR.).
209 Épousez-la.

Toute la ville en corps reconnaîtra ce zèle,
Et vous épouserez le bien public en elle.

LÉANDRE

985   Quelle surprise étrange !

MASCARILLE[210]

                    Il a pris l'hameçon.
Courage ! S'il s'y peut enferrer tout de bon,
Nous nous ôtons du pied une fâcheuse épine.

LÉANDRE

Oui, d'un coup étonnant[211] ce discours m'assassine.

MASCARILLE

Quoi ? vous pourriez ?...

LÉANDRE

                    Va-t'en jusqu'à la poste, et vois
990   Je ne sais quel paquet qui doit venir pour moi.
Qui ne s'y fût trompé ? Jamais l'air d'un visage,
Si ce qu'il dit est vrai, n'imposa davantage[212].

Scène 3

LÉLIE, LÉANDRE

LÉLIE

D'un chagrin qui vous tient, quel peut être l'objet ?

---

210 En aparté.
211 Stupéfiant (sens fort).
212 Selon les didascalies de 1682 et 1734, Léandre est seul et prononce ces
       deux derniers vers après avoir rêvé. *Imposer*, c'est faire croire une chose
       fausse, tromper.

LÉANDRE

Moi ?

LÉLIE   [58]

Vous-même.

LÉANDRE

Pourtant je n'en ai point sujet.

LÉLIE

995   Je vois bien ce que c'est, Célie en est la cause.

LÉANDRE

Mon esprit ne court pas après si peu de chose.

LÉLIE

Pour elle vous aviez pourtant de grands desseins.
Mais il faut dire ainsi, lorsqu'ils se trouvent vains.

LÉANDRE

Si j'étais assez sot pour chérir ses caresses,
1000 Je me moquerais bien de toutes vos finesses.

LÉLIE

Quelles finesses donc ?

LÉANDRE

Mon Dieu ! nous savons tout.

LÉLIE

Quoi ?

LÉANDRE

Votre procédé de l'un à l'autre bout.

LÉLIE

C'est de l'hébreu pour moi, je n'y puis rien
                                        [comprendre.

LÉANDRE

Feignez, si vous voulez, de ne me pas entendre.
1005   Mais, croyez-moi, cessez de craindre pour un bien
Où je serais fâché de vous disputer rien.
J'aime fort la beauté qui n'est point profanée,
Et ne veux point brûler pour une abandonnée[213] ;

LÉLIE

Tout beau, tout beau, Léandre !

LÉANDRE   [59]
                          Ah ! que vous êtes bon !
1010   Allez, vous dis-je encor, servez-la sans soupçon !
Vous pourrez vous nommer homme à bonnes fortunes.
Il est vrai, sa beauté n'est pas des plus communes ;
Mais en revanche aussi le reste est fort commun[214].

LÉLIE

Léandre, arrêtons là ce discours importun !
1015   Contre moi tant d'efforts qu'il vous plaira pour elle[215] ;
Mais surtout retenez cette atteinte mortelle.
Sachez que je m'impute à trop de lâcheté
D'entendre mal parler de ma divinité ;
Et que j'aurai toujours bien moins de répugnance
1020   À souffrir votre amour qu'un discours qui l'offense.

---

213 *Abandonnée* : « fille ou femme de mauvaise vie » (RIC.).
214 Jeu sinistre sur le mot *commun* : la beauté de Célie sort de l'ordinaire,
     mais comme fille publique, elle est commune à tous.
215 Comprendre : Pour la conquérir à mon détriment employez toutes vos
     forces, mais ne calomniez pas son honneur, ce qui est offense mortelle.

LÉANDRE

Ce que j'avance ici me vient de bonne part.

LÉLIE

Quiconque vous l'a dit est un lâche, un pendard.
On ne peut imposer de tache à cette fille :
Je connais bien son cœur.

LÉANDRE

                    Mais enfin Mascarille
1025 D'un semblable procès est juge compétent ;
C'est lui qui la condamne.

LÉLIE

                    Oui ?

LÉANDRE

                    Lui-même.

LÉLIE

                              Il prétend
D'une fille d'honneur insolemment médire,
Et que peut-être encor je n'en ferai que rire ?
Gage qu'il se dédit.

LÉANDRE   [60]

                    Et moi gage que non.

LÉLIE

1030 Parbleu ! je le ferais mourir sous le bâton,
S'il m'avait soutenu des faussetés pareilles.

LÉANDRE

Moi, je lui couperais sur-le-champ les oreilles,

S'il n'était pas garant de tout ce qu'il m'a dit[216].

Scène 4
LÉLIE, LÉANDRE, MASCARILLE

LÉLIE

Ah! bon, bon! le voilà! Venez, çà, chien maudit!

MASCARILLE

1035   Quoi?

LÉLIE

Langue de serpent fertile en impostures,
Vous osez sur Célie attacher vos morsures!
Et lui calomnier[217] la plus rare vertu
Qui puisse faire éclat sous un sort abattu[218]!

MASCARILLE[219]

Doucement, ce discours est de mon industrie[220].

LÉLIE

1040   Non, non, point de clin d'œil, et point de raillerie!
Je suis aveugle à tout, sourd à quoi que ce soit;
Fût-ce mon propre frère, il me la[221] payerait[222];

---

216 S'il ne prenait pas la responsabilité, avec des preuves, de tout ce qu'il a
     dit.
217 Et calomnier en elle.
218 Qui puisse briller dans le malheur.
219 Mascarille s'efforce d'attirer l'attention de Lélie par des signes de
     connivence et, tout au long de la scène, va tenter de lui parler bas, sans
     être entendu de Léandre.
220 De mon invention.
221 La raillerie.
222 La forme développée est nécessaire pour la métrique.

Et sur ce que j'adore oser porter le blâme,   [61]
C'est me faire une plaie au plus tendre de l'âme.
1045 Tous ces signes sont vains. Quels discours as-tu faits?

MASCARILLE

Mon Dieu, ne cherchons point querelle, ou je m'en
[vais.

LÉLIE

Tu n'échapperas pas.

MASCARILLE

Ahii[223] !

LÉLIE

Parle donc, confesse!

MASCARILLE

Laissez-moi; je vous dis que c'est un tour d'adresse.

LÉLIE

Dépêche, qu'as-tu dit? vuide entre nous ce point!

MASCARILLE

1050 J'ai dit ce que j'ai dit, ne vous emportez point!

LÉLIE[224]

Ah! je vous ferai bien parler d'une autre sorte.

---

223 Toujours une seule syllabe.
224 Lélie met l'épée à la main.

LÉANDRE

Halte un peu ! Retenez l'ardeur qui vous emporte !

MASCARILLE

Fut-il jamais au monde un esprit moins sensé ?

LÉLIE

Laissez-moi contenter mon courage[225] offensé !

LÉANDRE

1055   C'est trop que de vouloir le battre en ma présence.

LÉLIE

Quoi ? châtier mes gens n'est pas en ma puissance ?

LÉANDRE

Comment vos gens ?

MASCARILLE[226]

Encor ! Il va tout découvrir.

LÉLIE   [F] [62]

Quand j'aurais volonté de le battre à mourir,
Eh bien ! c'est mon valet.

LÉANDRE

C'est maintenant le nôtre.

LÉLIE

1060   Le trait est admirable ! Et comment donc le vôtre ?

---

225 Mon cœur.
226 En aparté.

Sans doute...

                    MASCARILLE, *bas*
                Doucement.

                        LÉLIE
                            Hem, que veux-tu conter ?

                    MASCARILLE, *bas*
        Ah ! le double bourreau qui me va tout gâter !
        Et qui ne comprend rien quelque signe qu'on donne.

                        LÉLIE
        Vous rêvez bien, Léandre, et me la baillez bonne[227].
1065   Il n'est pas mon valet ?

                        LÉANDRE
                            Pour quelque mal commis,
        Hors de votre service il n'a pas été mis ?

                        LÉLIE
        Je ne sais ce que c'est.

                        LÉANDRE
                            Et plein de violence,
        Vous n'avez pas chargé son dos avec outrance ?

                        LÉLIE
        Point du tout. Moi ? l'avoir chassé, roué de coups ?
1070   Vous vous moquez de moi, Léandre, ou lui de vous.

_____

227 *La bailler bonne*, ou *belle* : en faire accroire.

MASCARILLE[228]

Pousse, pousse, bourreau, tu fais bien tes affaires.

LÉANDRE

Donc les coups de bâton ne sont qu'imaginaires.

MASCARILLE   [63]

Il ne sait ce qu'il dit, sa mémoire…

LÉANDRE

Non, non !

Tous ces signes pour toi ne disent rien de bon.
1075   Oui, d'un tour délicat mon esprit te soupçonne ;
Mais pour l'invention, va, je te le pardonne.
C'est bien assez pour moi qu'il m'a désabusé,
De voir par quels motifs tu m'avais imposé[229],
Et que m'étant commis à ton zèle hypocrite,
1080   À si bon compte encor je m'en sois trouvé quitte.
Ceci doit s'appeler *un avis au lecteur*[230].
Adieu, Lélie, adieu, très humble serviteur.

MASCARILLE

Courage, mon garçon, tout heur nous accompagne[231] !
Mettons flamberge au vent, et bravoure en campagne !
1085   Faisons *l'Olibrius*[232], *l'occiseur d'innocents* !

---

228 À part.
229 Comprendre : Cela me suffit qu'il m'ait détrompé et fait voir pourquoi
tu m'avais trompé.
230 « On dit proverbialement, quand un supérieur fait une remontrance en
mots couverts, que c'est *un avis au lecteur* » (FUR.).
231 Que la chance nous accompagne !
232 Personnage historique du temps de l'empereur romain Dèce, persécuteur
des chrétiens, Olibrius était devenu le type de l'homme terrible (avec le
mot archaïque et comique *occiseur*, « tueur d'innocents ») et du vantard.

LÉLIE[233]

Il t'avait accusé de discours médisants
Contre…

MASCARILLE

               Et vous ne pouviez souffrir mon artifice ?
Lui laisser son erreur, qui vous rendait service,
Et par qui son amour s'en était presque allé ?
1090   Non, il[234] a l'esprit franc et point dissimulé.
Enfin, chez son rival je m'ancre avec adresse,
Cette fourbe en mes mains va mettre sa maîtresse ;
Il me la fait manquer avec de faux rapports.
Je veux de son rival alentir[235] les transports ;
1095   Mon brave incontinent vient, qui le désabuse.
J'ai beau lui faire signe, et montrer que c'est ruse ;
Point d'affaire, il poursuit sa pointe jusqu'au bout,
Et n'est point satisfait qu'il n'ait découvert tout.
Grand et sublime effort d'une imaginative[236] [F ij] [64]
1100   Qui ne le cède point à personne qui vive !
C'est une rare pièce ! et digne sur ma foi
Qu'on en fasse présent au cabinet[237] d'un roi !

LÉLIE

Je ne m'étonne pas si je romps tes attentes ;
À moins d'être informé des choses que tu tentes,
1105   J'en ferais encor cent de la sorte.

---

233 L'original porte par erreur MASCARILLE, que nous corrigeons.
234 C'est Lélie, dont Mascarille parle alors à la troisième personne, le jugeant
      comme s'il était absent.
235 Rendre moins vif, calmer.
236 Reprise ironique des vers 842-844, prononcés par Lélie qui se vantait
      de son imagination.
237 Lieu retiré où l'on met les objets précieux, les pièces de collection.

MASCARILLE

Tant pis !

LÉLIE

Au moins, pour t'emporter[238] à de justes dépits,
Fais-moi dans tes desseins entrer de quelque chose !
Mais que de leurs ressorts la porte me soit close,
C'est ce qui fait toujours que je suis pris sans vert[239].

MASCARILLE

1110   Je crois que vous seriez un maître d'arme expert :
Vous savez à merveille, en toutes aventures,
Prendre les contretemps et rompre les mesures[240].

LÉLIE

Puisque la chose est faite, il n'y faut plus penser.
Mon rival en tout cas ne peut me traverser[241] ;
1115   Et pourvu que tes soins, en qui je me repose...

MASCARILLE

Laissons-là ce discours, et parlons d'autre chose !
Je ne m'apaise pas, non, si facilement ;
Je suis trop en colère. Il faut premièrement

---

238 Si tu veux te laisser entraîner.
239 Je suis pris au dépourvu (par allusion à un jeu du mois de mai, où il
     faut toujours avoir du vert sur soi, précise FUR.).
240 Ces deux expressions sont empruntées au vocabulaire de l'escrime qui
     leur donne un sens précis (ainsi, la *mesure* est la « distance juste pour
     porter » et « *rompre la mesure* c'est faire manquer le coup de son ennemi
     en reculant », selon RIC.) ; Mascarille se contente des significations
     métaphoriques générales, qui redisent la maladresse de Lélie contrariant
     les stratagèmes de son valet. VAR. de 1682 pour ces trois vers : « Ha !
     Voilà tout le mal, c'est cela qui nous perd. / Ma foi, mon cher patron, je
     vous le dis encore, / Vous ne serez jamais qu'une pauvre pécore ». *Pécore* :
     « animal », d'où, au figuré, « personne stupide ».
241 Contrarier mes desseins.

Me rendre un bon office, et nous verrons ensuite
1120 Si je dois de vos feux reprendre la conduite.

LÉLIE

S'il ne tient qu'à cela, je n'y résiste pas.
As-tu besoin, dis-moi, de mon sang ? de mes bras ?

MASCARILLE   [65]

De quelle vision sa cervelle est frappée !
Vous êtes de l'humeur de ces amis d'épée[242]
1125 Que l'on trouve toujours plus prompts à dégainer
Qu'à tirer un teston[243], s'il fallait le donner.

LÉLIE

Que puis-je donc pour toi ?

MASCARILLE

                         C'est que de votre père
Il faut absolument apaiser la colère.

LÉLIE

Nous avons fait la paix.

MASCARILLE

                         Oui, mais non pas pour
                                              [nous.
1130 Je l'ai fait ce matin mort pour l'amour de vous ;
La vision le choque, et de pareilles feintes
Aux vieillards comme lui sont de dures atteintes,
Qui sur l'état prochain de leur condition

---

242 Amis prêts à vous servir dans un duel.
243 Monnaie d'argent, de petite valeur et qui n'avait plus cours.

Leur font faire à regret triste réflexion[244].

1135   Le bonhomme, tout vieux[245], chérit fort la lumière,
Et ne veut point de jeu dessus cette matière ;
Il craint le pronostic, et contre moi fâché,
On m'a dit qu'en justice il m'avait recherché.
J'ai peur, si le logis du roi[246] fait ma demeure,
1140   De m'y trouver si bien dès le premier quart d'heure,
Que j'aye[247] peine aussi d'en sortir par après :
Contre moi dès longtemps on a force décrets ;
Car enfin, la vertu n'est jamais sans envie,
Et dans ce maudit siècle est toujours poursuivie.
1145   Allez donc le fléchir !

LÉLIE
Oui, nous le fléchirons.
Mais aussi tu promets…

MASCARILLE   [F iij] [66]
Ah ! mon Dieu, nous
[verrons[248].
Ma foi, prenons haleine après tant de fatigues ;
Cessons pour quelque temps le cours de nos intrigues,
Et de nous tourmenter de même qu'un lutin.
1150   Léandre, pour nous nuire, est hors de garde[249] enfin,
Et Célie, arrêtée avecque l'artifice…

---

244 Diérèses à la rime.
245 Tout vieux qu'il soit.
246 La prison ou les galères.
247 Deux syllabes.
248 Vers suivi de la sortie de Lélie.
249 Est hors d'état de résister, d'agir (vocabulaire de l'escrime).

Scène 5[250]

ERGASTE, MASCARILLE

ERGASTE

Je te cherchais partout pour te rendre un service,
Pour te donner avis d'un secret important

MASCARILLE

Quoi donc ?

ERGASTE

N'avons-nous point ici quelque
[écoutant ?

MASCARILLE

1155   Non.

ERGASTE

Nous sommes amis autant qu'on le peut être ;
Je sais bien tes desseins, et l'amour de ton maître.
Songez à vous tantôt : Léandre fait parti[251]
Pour enlever Célie, et j'en suis averti,
Qu'il a mis ordre à tout, et qu'il se persuade
1160   D'entrer chez Trufaldin par une mascarade,
Ayant su qu'en ce temps, assez souvent le soir,   [67]
Des femmes du quartier en masque l'allaient voir.

MASCARILLE

Oui ! Suffit. Il n'est pas au comble de sa joie ;
Je pourrai bien tantôt lui souffler cette proie.
1165   Et contre cet assaut, je sais un coup fourré[252],

---

250 *Cf. L'Inavvertito*, III, 7.
251 Se met en campagne avec une troupe.
252 Un *coup fourré* est un terme d'escrime : coup que l'on donne en même
       temps que l'on en reçoit un.

Par qui je veux qu'il soit de lui-même enferré.
Il ne sait pas les dons dont mon âme est pourvue.
Adieu, nous boirons pinte à la première vue[253].
Il faut, il faut tirer à nous ce que d'heureux
1170 Pourrait avoir en soi ce projet amoureux,
Et par une surprise adroite, et non commune,
Sans courir le danger en tenter la fortune.
Si je vais me masquer pour devancer ses pas,
Léandre assurément ne nous bravera pas ;
1175 Et là, premier que lui[254], si nous faisons la prise,
Il aura fait pour nous les frais de l'entreprise,
Puisque par son dessein déjà presque éventé,
Le soupçon tombera toujours de son côté,
Et que nous, à couvert de toutes ses poursuites,
1180 De ce coup hasardeux ne craindrons point les suites.
C'est ne se point commettre à faire de l'éclat,
Et tirer les marrons de la patte du chat[255].
Allons donc nous masquer avec quelques bons frères !
Pour prévenir nos gens, il ne faut tarder guères.
1185 Je sais où gît le lièvre, et me puis sans travail[256]
Fournir en un moment d'hommes et d'attirail.
Croyez que je mets bien mon adresse en usage ;
Si j'ai reçu du Ciel les fourbes en partage,
Je ne suis point au rang de ces esprits mal nés
1190 Qui cachent les talents que Dieu leur a donnés[257].

---

253 Ergaste sort et Mascarille se retrouve seul.
254 Avant lui.
255 Se servir d'autrui pour lui faire accomplir ce qu'on se garde de faire
   soi-même, comme le singe qui tire les marrons du feu avec la patte du
   chat, selon la fable traditionnelle.
256 Sans fatigue, sans peine.
257 Allusion à la parabole évangélique des talents (Matthieu, 29, 14-30) – où
   le talent est une monnaie.

Scène 6[258]   [68]
LÉLIE, ERGASTE

LÉLIE

Il prétend l'enlever avec sa mascarade ?

ERGASTE

Il n'est rien plus certain. Quelqu'un de sa brigade
M'ayant de ce dessein instruit, sans m'arrêter,
À Mascarille lors j'ai couru tout conter,
1195 Qui s'en va, m'a-t-il dit, rompre cette partie,
Par une invention dessus le champ bâtie.
Et comme je vous ai rencontré par hasard,
J'ai cru que je devais de tout vous faire part.

LÉLIE

Tu m'obliges par trop avec cette nouvelle.
1200 Va, je reconnaîtrai ce service fidèle[259].
Mon drôle assurément leur jouera quelque trait.
Mais je veux de ma part seconder son projet :
Il ne sera pas dit qu'en un fait qui me touche,
Je ne me sois non plus remué qu'une souche.
1205 Voici l'heure. Ils seront surpris à mon aspect.
Foin ! que n'ai-je avec moi pris mon porte-respect[260] ?
Mais vienne qui voudra contre notre personne :
J'ai deux bons pistolets, et mon épée est bonne.
Holà ! quelqu'un, un mot !

---

258 *Cf. L'Inavvertito*, III, 8.
259 Ergaste sort après ce vers.
260 Mousqueton ou carabine de large calibre.

Scène 7[261]   [69]

LÉLIE, TRUFALDIN

TRUFALDIN[262]
Qu'est-ce ? qui me vient voir ?

LÉLIE
1210 Fermez soigneusement votre porte ce soir !

TRUFALDIN
Pourquoi ?

LÉLIE
Certaines gens font une mascarade,
Pour vous venir donner une fâcheuse aubade :
Ils veulent enlever votre Célie.

TRUFALDIN
Oh ! dieux !

LÉLIE
Et sans doute[263] bientôt ils viennent en ces lieux.
1215 Demeurez, vous pourrez voir tout de la fenêtre.
Eh bien ? qu'avais-je dit ? les voyez-vous paraître ?
Chut, je veux à vos yeux leur en faire l'affront.
Nous allons voir beau jeu, si la corde ne rompt[264].

---

261 *Cf. L'Inavvertito*, III, 9.
262 À sa fenêtre.
263 Assurément, sans aucun doute.
264 On dit « On verra beau jeu si la corde ne rompt » quand « on fait de grandes
promesses et qu'on donne de belles espérances de quelque chose » (FUR.).

Scène 8[265]   [70]

LÉLIE, TRUFALDIN, MASCARILLE *masqué*

TRUFALDIN

Oh! les plaisants robins[266] qui pensent me surprendre!

LÉLIE

1220 Masques, où courez-vous? le pourrait-on apprendre?
Trufaldin, ouvrez-leur pour jouer un momon[267]!
Bon Dieu! qu'elle est jolie et qu'elle a l'air mignon!
Hé quoi? vous murmurez! mais, sans vous faire
                                        [outrage,
Peut-on lever le masque et voir votre visage[268]?

TRUFALDIN

1225 Allez, fourbes méchants, retirez-vous d'ici!
Canaille! Et vous, Seigneur, bonsoir, et grand merci!

LÉLIE

Mascarille, est-ce toi[269]?

MASCARILLE

                    Nenni-da, c'est quelque autre.

LÉLIE

Hélas! quelle surprise! et quel sort est le nôtre!

---

265 *Cf. L'Inavvertito*, III, 10.

266 Expression qui marque le mépris (les *robins* sont les gens de robe).

267 Pendant le carnaval, les masques allaient proposer dans les maisons des
momons : ils offraient des parties de dés, mais sans revanche.

268 Lélie tente de soulever le masque du personnage féminin en lequel est
déguisé Mascarille.

269 Selon 1734, Lélie démasque ici Mascarille.

L'aurais-je deviné, n'étant point averti
1230   Des secrètes raisons qui l[270]'avaient travesti ?
Malheureux que je suis, d'avoir dessous ce masque
Été sans y penser te faire cette frasque !
Il me prendrait envie, en ce juste courroux,   [71]
De me battre moi-même, et me donner cent coups.

MASCARILLE
1235   Adieu, sublime esprit, rare imaginative !

LÉLIE
Las ! si de ton secours ta colère me prive,
À quel saint me vouerai-je ?

MASCARILLE
                                    Au grand diable d'enfer.

LÉLIE
Ah ! si ton cœur pour moi n'est de bronze ou de fer,
Qu'encore un coup, du moins, mon imprudence
                                    [ait grâce !
1240   S'il faut pour l'obtenir que tes genoux j'embrasse,
Vois-moi…

MASCARILLE
                        Tarare ! Allons, camarades, allons :
J'entends venir des gens qui sont sur nos talons.

---

270 L'original et d'autres éditions portent en effet *l'avait* ; on pourrait aussi
corriger en *t'avaient* si Lélie s'adresse à Mascarille et ne prononce pas ce
vers en aparté.

Scène 9

LÉANDRE, *masqué* ET SA SUITE, TRUFALDIN

LÉANDRE

Sans bruit ! ne faisons rien que de la bonne sorte.

TRUFALDIN

Quoi ? masques toute nuit[271] assiégeront ma porte !

1245 Messieurs, ne gagnez point de rhumes à plaisir ! [72]

Tout cerveau qui le fait est certes de loisir[272].

Il est un peu trop tard pour enlever Célie ;

Dispensez-l'en ce soir, elle vous en supplie.

La belle est dans le lit, et ne peut vous parler ;

1250 J'en suis fâché pour vous. Mais, pour vous régaler[273]

Du souci qui pour elle ici vous inquiète[274],

Elle vous fait présent de cette cassolette[275].

LÉANDRE

Fi ! cela sent mauvais, et je suis tout gâté.

Nous sommes découverts, tirons de ce côté !

Fin du troisième acte.

---

271 Toute la nuit.

272 Être de loisir : n'avoir rien à faire.

273 Dédommager, payer.

274 Diérèse sur *inquiète* (*inquiéter* avaient le sens actuel de « tourmenter », mais signifiait aussi « agiter »).

275 Trufaldin vide en fait un pot de chambre sur la tête des masques.

ACTE IV   [73]

Scène PREMIÈRE
LÉLIE[276], MASCARILLE

MASCARILLE

1255 Vous voilà fagoté d'une plaisante sorte.

LÉLIE

Tu ranimes par là mon espérance morte.

MASCARILLE

Toujours de ma colère on me voit revenir ;
J'ai beau jurer, pester, je ne m'en puis tenir.

LÉLIE

Aussi, crois, si jamais je suis dans la puissance[277],
1260 Que tu seras content de ma reconnaissance,
Et que, quand je n'aurais qu'un seul morceau de
                                          [pain…

MASCARILLE

Baste ! Songez à vous dans ce nouveau dessein.
Au moins, si l'on vous voit commettre une sottise,
Vous n'imputerez plus l'erreur à la surprise.
1265 Votre rôle en ce jeu par cœur doit être su.

LÉLIE   [G] [74]

Mais comment Trufaldin chez lui t'a-t-il reçu ?

---

276 Il est déguisé en Arménien.
277 Si jamais je le peux.

MASCARILLE

D'un zèle simulé j'ai bridé[278] le bon sire.

Avec empressement je suis venu lui dire,

S'il ne songeait à lui, que l'on le surprendrait,

1270   Que l'on couchait en joue, et de plus d'un endroit,

Celle dont il a vu qu'une lettre en avance

Avait si faussement divulgué la naissance ;

Qu'on avait bien voulu m'y mêler quelque peu,

Mais que j'avais tiré mon épingle du jeu ;

1275   Et que, touché d'ardeur pour ce qui le regarde,

Je venais l'avertir de se donner de garde[279].

De là, moralisant, j'ai fait de grands discours

Sur les fourbes[280] qu'on voit ici-bas tous les jours ;

Que pour moi, las du monde et de sa vie infâme[281],

1280   Je voulais travailler au salut de mon âme,

À m'éloigner du trouble, et pouvoir longuement,

Près de quelque honnête homme être paisiblement ;

Que s'il le trouvait bon, je n'aurais d'autre envie

Que de passer chez lui le reste de ma vie ;

1285   Et que même à tel point il m'avait su ravir,

Que sans lui demander gages pour le servir,

Je mettrais en ses mains, que je tenais certaines,

Quelque bien de mon père, et le fruit de mes peines,

Dont, advenant que Dieu de ce monde m'ôtât,

1290   J'entendais tout de bon que lui seul héritât.

C'était le vrai moyen d'acquérir sa tendresse.

Et, comme pour résoudre avec votre maîtresse

---

278 J'ai pris au lacet, trompé, abusé.
279 De prendre garde.
280 Fourberies, probablement, comme au vers 1300 et ailleurs.
281 Déshonorante (le mot *infâme* a un sens plus fort aujourd'hui).

Des biais qu'on doit prendre à terminer vos vœux[282],
Je voulais en secret vous aboucher tous deux,
1295　Lui-même a su m'ouvrir une voie assez belle
De pouvoir hautement[283] vous loger avec elle,
Venant m'entretenir d'un fils privé du jour,　　[75]
Dont cette nuit en songe il a vu le retour.
À ce propos, voici l'histoire qu'il m'a dite,
1300　Et sur qui j'ai tantôt notre fourbe construite[284].

LÉLIE

C'est assez, je sais tout, tu me l'as dit deux fois.

MASCARILLE

Oui, oui ; mais quand j'aurais passé jusques à trois,
Peut-être encor qu'avec toute sa suffisance,
Votre esprit manquera[285] dans quelque circonstance.

LÉLIE

1305　Mais à tant différer je me fais de l'effort.

MASCARILLE

Ah ! de peur de tomber, ne courons pas si fort !
Voyez-vous, vous avez la caboche un peu dure :
Rendez-vous affermi[286] dessus cette aventure.
Autrefois Trufaldin de Naples est sorti,
1310　Et s'appelait alors *Zanobio Ruberti*.

282　Comprendre : comme pour décider avec votre maîtresse des moyens
　　qu'on doit prendre pour réaliser vos vœux.
283　Librement, hardiment.
284　Notez la place du complément d'objet (la *fourbe*) et l'accord du participe
　　passé postposé avec lui (*construite*).
285　Commettra une faute. Mascarille doute fort de la capacité de Lélie, de
　　la suffisance de son esprit.
286　Soyez fermement, parfaitement informé à propos de.

Un parti[287] qui causa quelque émeute civile,
Dont il fut seulement soupçonné dans sa ville
– De fait, il n'est pas homme à troubler un État –,
L'obligea d'en sortir une nuit sans éclat.
1315   Une fille fort jeune et sa femme laissées
À quelque temps de là se trouvant trépassées,
Il en eut la nouvelle, et dans ce grand ennui[288],
Voulant dans quelque ville emmener avec lui,
Outre ses biens, l'espoir qui restait de sa race,
1320   Un sien fils écolier[289], qui se nommait Horace,
Il écrit à Bologne, où pour mieux être instruit,
Un certain maître Albert jeune l'avait conduit.
Mais pour se joindre tous, le rendez-vous qu'il donne,
Durant deux ans entiers ne lui fit voir personne.
1325   Si bien que, les jugeant morts après ce temps-là,
Il vint en cette ville, et prit le nom qu'il a,
Sans que de cet Albert, ni de ce fils Horace,   [76]
Douze ans aient découvert jamais la moindre trace.
Voilà l'histoire en gros, redite seulement
1330   Afin de vous servir ici de fondement.
Maintenant, vous serez un marchand d'Arménie,
Qui les aurez vus sains l'un et l'autre en Turquie.
Si j'ai plutôt qu'aucun un tel moyen trouvé,
Pour les ressusciter sur ce qu'il a rêvé,
1335   C'est qu'en fait d'aventure, il est très ordinaire
De voir gens pris sur mer par quelque Turc corsaire,
Puis être à leur famille à point nommé rendus,
Après quinze ou vingt ans qu'on les a crus perdus.

---

287 Une faction.
288 Toujours le sens fort au XVIIe siècle : chagrin, désespoir.
289 Cet Horace est un étudiant qui est envoyé dans la célèbre ville univer-
sitaire de Bologne.

Pour moi, j'ai vu déjà cent contes de la sorte[290].
1340   Sans nous alambiquer[291], servons-nous-en ;
                                        [qu'importe ?
Vous leur aurez ouï[292] leur disgrâce conter,
Et leur aurez fourni de quoi se racheter.
Mais que[293] parti plus tôt, pour chose nécessaire,
Horace vous chargea de voir ici son père,
1345   Dont il a su le sort et chez qui vous devez
Attendre quelques jours qu'ils seraient arrivés.
Je vous ai fait tantôt des leçons étendues.

LÉLIE

Ces répétitions ne sont que superflues :
Dès l'abord mon esprit a compris tout le fait.

MASCARILLE

1350   Je m'en vais là-dedans donner le premier trait[294].

LÉLIE

Écoute, Mascarille, un seul point me chagrine[295] :
S'il allait de son fils me demander la mine ?

MASCARILLE

Belle difficulté ! devez-vous pas savoir

---

290 Ce genre d'aventures romanesques est en effet classique, dans le roman
      et au théâtre.
291 Sans nous fatiguer l'intelligence, sans nous torturer l'esprit en cherchant
      autre chose.
292 Deux syllabes.
293 Construire et comprendre : vous leur direz que vous avez entendu conter
      leur malheur, leur avez fourni une rançon, mais vous ajouterez que, parti
      etc.
294 Procéder à la première étape de notre ruse. *Trait*, au sens propre, est
      employé dans le langage du jeu, de la torture ou de la peinture.
295 M'irrite.

Qu'il était fort petit alors qu'il l'a pu voir ?
1355   Et puis, outre cela, le temps et l'esclavage
Pourraient-ils pas avoir changé tout son visage ?

LÉLIE   [77]
Il est vrai. Mais, dis-moi, s'il connaît[296] qu'il m'a vu,
Que faire ?

MASCARILLE
            De mémoire êtes-vous dépourvu ?
Nous avons dit tantôt, qu'outre que votre image
1360   N'avait dans son esprit pu faire qu'un passage,
Pour ne vous avoir vu que durant un moment,
Et le poil[297] et l'habit déguisaient[298] grandement.

LÉLIE
Fort bien. Mais, à propos, cet endroit de Turquie ?...

MASCARILLE
Tout, vous dis-je, est égal, Turquie ou Barbarie[299].

LÉLIE
1365   Mais le nom de la ville où j'aurai pu les voir ?

MASCARILLE
Tunis. Il me tiendra, je crois, jusques au soir.
La répétition, dit-il, est inutile,
Et j'ai déjà nommé douze fois cette ville.

---

296 S'il se rend compte.
297 La chevelure, c'est-à-dire la perruque.
298 Changeaient l'apparence.
299 C'est l'Afrique du Nord.

LÉLIE

Va, va-t'en commencer ! Il ne me faut plus rien.

MASCARILLE

1370   Au moins, soyez prudent, et vous conduisez bien ;
Ne donnez point ici de l'imaginative !

LÉLIE

Laisse-moi gouverner. Que ton âme est craintive !

MASCARILLE

Horace dans Bologne écolier ; Trufaldin
Zanobio Ruberti, dans Naples citadin ;
1375   Le précepteur Albert...

LÉLIE

Ah ! c'est me faire honte,
Que de me tant prêcher ; suis-je un sot à ton compte ?

MASCARILLE   [G iij] [78]

Non pas du tout[300] ; mais bien quelque chose
[approchant.

LÉLIE, *seul*

Quand il m'est inutile, il fait le chien couchant ;
Mais parce qu'il sent bien le secours qu'il me donne,
1380   Sa familiarité jusque-là s'abandonne.
Je vais être de près éclairé[301] des beaux yeux
Dont la force m'impose un joug si précieux ;
Je m'en vais sans obstacle, avec des traits de flamme,
Peindre à cette beauté les tourments de mon âme.
1385   Je saurai quel arrêt je dois...Mais les voici.

---

300 Pas tout à fait.
301 Observé, épié.

Scène 2
TRUFALDIN, LÉLIE, MASCARILLE

TRUFALDIN
Sois béni, juste Ciel, de mon sort adouci !

MASCARILLE
C'est à vous de rêver et de faire des songes,
Puisqu'en vous il est faux que songes sont
                                        [mensonges.

TRUFALDIN[302]
Quelle grâce, quels biens vous rendrai-je, Seigneur,
1390 Vous, que je dois nommer l'ange[303] de mon bonheur ?

LÉLIE
Ce sont soins superflus, et je vous en dispense.

TRUFALDIN[304]   [79]
J'ai, je ne sais pas où, vu quelque ressemblance
De cet Arménien.

MASCARILLE
                    C'est ce que je disais.
Mais on voit des rapports admirables parfois.

TRUFALDIN
1395 Vous avez vu ce fils où mon espoir se fonde ?

LÉLIE
Oui, seigneur Trufaldin, le plus gaillard du monde.

---

302 Trufaldin s'adresse à Lélie.
303 Au sens étymologique de « messager ».
304 Trufaldin s'adresse cette fois à Mascarille, pour cette réplique.

TRUFALDIN

Il vous a dit sa vie, et parlé fort de moi ?

LÉLIE

Plus de dix mille fois.

MASCARILLE

Quelque peu moins, je crois.

LÉLIE

Il vous a dépeint tel que je vous vois paraître,
1400   Le visage, le port...

TRUFALDIN

Cela pourrait-il être,
Si lorsqu'il m'a pu voir il n'avait que sept ans,
Et si son précepteur même depuis ce temps
Aurait peine à pouvoir connaître[305] mon visage ?

MASCARILLE

Le sang, bien autrement, conserve cette image ;
1405   Par des traits si profonds ce portrait est tracé,
Que mon père...

TRUFALDIN

Suffit ! Où l'avez-vous laissé ?

LÉLIE

En Turquie, à Turin.

TRUFALDIN   [G iiij] [80]

Turin ? Mais cette ville

---

305 Reconnaître.

Est, je pense, en Piémont.

MASCARILLE

               Oh ! cerveau malhabile[306] !
Vous ne l'entendez[307] pas : il veut dire Tunis ;
1410 Et c'est en effet là qu'il laissa votre fils.
Mais les Arméniens ont tous une habitude,
Certain vice de langue à nous autres fort rude :
C'est que dans tous les mots, ils changent *-nis* en *-rin*,
Et pour dire *Tunis*, ils prononcent *Turin*.

TRUFALDIN

1415 Il fallait, pour l'entendre, avoir cette lumière.
Quel moyen vous dit-il de rencontrer son père[308] ?

MASCARILLE

Voyez s'il répondra[309]. Je repassais un peu
Quelque leçon d'escrime — autrefois en ce jeu
Il n'était point d'adresse à mon adresse égale,
1420 Et j'ai battu le fer en mainte et mainte salle.

TRUFALDIN

Ce n'est pas maintenant ce que je veux savoir.
Quel autre nom, dit-il, que je devais avoir ?

MASCARILLE

Ah ! seigneur Zanobio Ruberti, quelle joie
Est celle maintenant que le Ciel vous envoie !

---

306 Après cette réflexion en aparté, Mascarille va s'adresser à Trufaldin.
307 Vous ne le comprenez pas.
308 Quels moyens vous donna-t-il pour me retrouver, moi son père ?
309 Après cette phrase prononcée en aparté, Mascarille doit multiplier les
    signes à l'adresse de Lélie, agitation qu'il masque aux yeux de Trufaldin
    en prétendant repasser quelques mouvements d'escrime.

LÉLIE

1425 C'est là votre vrai nom, et l'autre est emprunté.

TRUFALDIN

Mais où vous a-t-il dit qu'il reçut la clarté[310] ?

MASCARILLE

Naples est un séjour qui paraît agréable ;
Mais, pour vous, ce doit être un lieu fort haïssable.

TRUFALDIN[311]   [81]

Ne peux-tu sans parler souffrir notre discours ?

LÉLIE

1430 Dans Naples son destin a commencé son cours.

TRUFALDIN

Où l'envoyai-je jeune ? et sous quelle conduite ?

MASCARILLE

Ce pauvre maître Albert a beaucoup de mérite
D'avoir depuis Bologne accompagné ce fils,
Qu'à sa discrétion vos soins avaient commis.

TRUFALDIN

1435 Ah !

MASCARILLE[312]

Nous sommes perdus, si cet entretien dure.

---

310 La clarté du jour : où est-il né ?
311 Agacé par ses interventions, Trufaldin se tourne vers Mascarille.
312 À part.

TRUFALDIN

Je voudrais bien savoir de vous leur aventure ;
Sur quel vaisseau le sort qui m'a su travailler[313]…

MASCARILLE

Je ne sais ce que c'est, je ne fais que bâiller ;
Mais, seigneur Trufaldin, songez-vous que peut-être
1440 Ce Monsieur l'étranger a besoin de repaître[314] ?
Et qu'il est tard aussi ?

LÉLIE

Pour moi, point de repas.

MASCARILLE

Ah ! vous avez plus faim que vous ne pensez pas.

TRUFALDIN

Entrez donc !

LÉLIE

Après vous.

MASCARILLE

Monsieur, en Arménie,
Les maîtres du logis sont sans cérémonie.
1445 Pauvre esprit ! pas deux mots[315] !   [82]

LÉLIE

D'abord il m'a surpris.

---

313 Fatiguer, tourmenter même.
314 Manger.
315 Après s'être adressé à Trufaldin, Mascarille s'adresse à Lélie seul, tandis
    que Trufaldin commence d'entrer dans la maison.

Mais n'appréhende plus, je reprends mes esprits,
Et m'en vais débiter avecque hardiesse…

MASCARILLE

Voici notre rival, qui ne sait pas la pièce[316].

Scène 3[317]

LÉANDRE, ANSELME

ANSELME

Arrêtez-vous, Léandre, et souffrez un discours
1450 Qui cherche le repos et l'honneur de vos jours.
Je ne vous parle point en père de ma fille,
En homme intéressé par ma propre famille ;
Mais comme votre père ému pour votre bien,
Sans vouloir vous flatter[318] et vous déguiser rien ;
1455 Bref, comme je voudrais, d'une âme franche et pure,
Que l'on fît à mon sang[319], en pareille aventure.
Savez-vous de quel œil chacun voit cet amour,
Qui dedans une nuit vient d'éclater au jour ?
À combien de discours, et de traits de risée,
1460 Votre entreprise d'hier[320] est partout exposée ?
Quel jugement on fait du choix capricieux
Qui pour femme, dit-on, vous désigne en ces lieux
Un rebut de l'Égypte, une fille coureuse,
De qui le noble emploi n'est qu'un métier de gueuse ?
1465 J'en ai rougi pour vous, encor plus que pour moi, [83]
Qui me trouve compris dans l'éclat que je vois,

---

316 La farce.
317 Cf. L'Inavertito, IV, 4.
318 Sans vouloir vous faire plaisir ni vous bercer d'illusions.
319 Mon fils.
320 Monosyllabe.

Moi, dis-je, dont la fille, à vos ardeurs promise,
Ne peut sans quelque affront souffrir qu'on la
                                        [méprise.
Ah ! Léandre, sortez de cet abaissement ;
1470   Ouvrez un peu les yeux sur votre aveuglement.
Si notre esprit n'est pas sage à toutes les heures,
Les plus courtes erreurs sont toujours les meilleures.
Quand on ne prend en dot que la seule beauté,
Le remords est bien près de la solennité[321],
1475   Et la plus belle femme a très peu de défense
Contre cette tiédeur qui suit la jouissance.
Je vous le dis encor, ces bouillants mouvements,
Ces ardeurs de jeunesse, et ces emportements,
Nous font trouver d'abord quelques nuits agréables ;
1480   Mais ces félicités ne sont guère durables,
Et notre passion alentissant son cours,
Après ces bonnes nuits donnent de mauvais jours.
De là viennent les soins[322], les soucis, les misères,
Les fils déshérités par le courroux des pères.

LÉANDRE

1485   Dans tout votre discours je n'ai rien écouté
Que mon esprit déjà ne m'ait représenté.
Je sais combien je dois à cet honneur insigne
Que vous me voulez faire, et dont je suis indigne ;
Et vois, malgré l'effort[323] dont je suis combattu,
1490   Ce que vaut votre fille, et quelle est sa vertu.
Aussi veux-je tâcher...

---

321 La cérémonie du mariage.
322 Soucis, inquiétudes.
323 Cet *effort* est la force du désir qui assaille Léandre.

ANSELME
On ouvre cette porte.
Retirons-nous plus loin, de crainte qu'il n'en sorte
Quelque secret poison[324] dont vous seriez surpris.

Scène 4   [84]
LÉLIE, MASCARILLE

MASCARILLE
Bientôt de notre fourbe on verra le débris[325],
1495   Si vous continuez des sottises si grandes.

LÉLIE
Dois-je éternellement ouïr tes réprimandes ?
De quoi te peux-tu plaindre ? Ai-je pas réussi
En tout ce que j'ai dit depuis…

MASCARILLE
Couci-couci.
Témoin les Turcs par vous appelés hérétiques,
1500   Et que vous assurez, par serments authentiques,
Adorer pour leurs dieux la lune et le soleil.
Passe. Ce qui me donne un dépit nonpareil,
C'est qu'ici votre amour étrangement[326] s'oublie
Près de Célie. Il est ainsi que la bouillie,
1505   Qui par un trop grand feu s'enfle, croît jusqu'aux
[bords,

---

324 C'est la porte du logis de Trufaldin, où est enfermée Célie, qui s'ouvre, comme laissant échapper les effluves de la beauté de la jeune fille – de quoi empoisonner encore plus d'amour Léandre ! .

325 La destruction, la ruine.

326 Extrêmement, excessivement.

Et de tous les côtés se répand au-dehors[327].

LÉLIE

Pourrait-on se forcer à plus de retenue ?
Je ne l'ai presque point encore entretenue.

MASCARILLE

Oui, mais ce n'est pas tout que de ne parler pas ;
1510 Par vos gestes, durant un moment de repas,
Vous avez aux soupçons donné plus de matière   [85]
Que d'autres ne feraient dans une année entière.

LÉLIE

Et comment donc ?

MASCARILLE

              Comment ? Chacun a pu le voir.
À table, où Trufaldin l'oblige de se seoir,
1515 Vous n'avez toujours fait qu'avoir les yeux sur elle.
Rouge, tout interdit, jouant de la prunelle,
Sans prendre jamais garde à ce qu'on vous servait,
Vous n'aviez point de soif qu'alors qu'elle buvait ;
Et dans ses propres mains vous saisissant du verre,
1520 Sans le vouloir rincer, sans rien jeter à terre,
Vous buviez sur son reste, et montriez[328] d'affecter[329]
Le côté qu'à sa bouche elle avait su porter.
Sur les morceaux touchés de sa main délicate,
Ou mordus de ses dents, vous étendiez la patte

---

327 La comparaison de l'amour avec la marmite qui déborde se trouve dans
   L'Angelica de Fornaris (III, 4), mais aussi, comme le fait remarquer
   l'annotation de la récente édition de la Pléiade (t. I, p. 1308, n. 19), dans
   L'Olimpia de Della Porta.
328 *Montriez* compte pour deux syllabes.
329 *Affecter* : désirez, rechercher vivement.

1525 Plus brusquement qu'un chat dessus une souris,
Et les avaliez tout ainsi que des pois gris[330].
Puis, outre tout cela, vous faisiez sous la table
Un bruit, un triquetrac[331] de pieds insupportable,
Dont Trufaldin, heurté de deux coups trop pressants,
1530 A puni par deux fois deux chiens très innocents,
Qui, s'ils eussent osé, vous eussent fait querelle.
Et puis après cela votre conduite est belle ?
Pour moi, j'en ai souffert la gêne[332] sur mon corps ;
Malgré le froid, je sue encor de mes efforts.
1535 Attaché dessus vous, comme un jouer de boule
Après le mouvement de la sienne qui roule,
Je pensais retenir toutes vos actions,
En faisant de mon corps mille contorsions.

LÉLIE   [H] [86]

Mon Dieu ! qu'il t'est aisé de condamner des choses
1540 Dont tu ne ressens point les agréables causes !
Je veux bien néanmoins, pour te plaire une fois,
Faire force à l'amour qui m'impose des lois.
Désormais…

Scène 5

LÉLIE, MASCARILLE, TRUFALDIN

MASCARILLE

Nous parlions des fortunes d'Horace.

---

330 Un *avaleur de pois gris* est un goulu.
331 Comme le bruit qu'on fait au *trictrac* (le nom du jeu venant probablement
lui-même du bruit des dés et des dames).
332 La torture.

TRUFALDIN

C'est bien fait. Cependant[333] me ferez-vous la grâce
1545   Que je puisse lui[334] dire un seul mot en secret ?

LÉLIE

Il faudrait autrement être fort indiscret[335].

TRUFALDIN

Écoute[336], sais-tu bien ce que je viens de faire ?

MASCARILLE

Non. Mais si vous voulez, je ne tarderai guère,
Sans doute, à le savoir.

TRUFALDIN

                                        D'un chêne grand et fort
1550   Dont près de deux cents ans ont fait déjà le sort,
Je viens de détacher une branche admirable,   [87]
Choisie expressément, de grosseur raisonnable,
Dont j'ai fait sur-le-champ, avec beaucoup d'ardeur,
Un bâton à peu près…oui, de cette grandeur[337] ;
1555   Moins gros par l'un des bouts, mais plus que
                                                        [trente gaules
Propre, comme je pense, à rosser les épaules ;
Car il est bien en main, vert, noueux et massif.

MASCARILLE

Mais pour qui, je vous prie, un tel préparatif ?

---

333 Après avoir répondu à Mascarille, Trufaldin s'adresse à Lélie.
334 À Mascarille.
335 Dépourvu de discernement.
336 Cette fois, c'est bien exclusivement à Mascarille que Trufaldin s'adresse !
337 Didascalie de 1682 : *Il montre son bras.*

TRUFALDIN

Pour toi premièrement, puis pour ce bon apôtre
1560 Qui veut m'en donner d'une, et m'en jouer d'un
[autre[338],
Pour cet Arménien, ce marchand déguisé
Introduit sous l'appât d'un conte supposé[339].

MASCARILLE

Quoi ? vous ne croyez pas... ?

TRUFALDIN

                    Ne cherche point d'excuse.
Lui-même heureusement a découvert sa ruse,
1565 Et disant à Célie, en lui serrant la main,
Que pour elle il venait sous ce prétexte vain,
Il n'a pas aperçu Jeannette ma fillole[340],
Laquelle a tout ouï parole pour parole ;
Et je ne doute point, quoiqu'il n'en ait rien dit,
1570 Que tu ne sois de tout le complice maudit.

MASCARILLE

Ah ! vous me faites tort ! S'il faut qu'on vous
[affronte[341],
Croyez qu'il m'a trompé le premier à ce conte.

TRUFALDIN

Veux-tu me faire voir que tu dis vérité ?
Qu'à le chasser mon bras soit du tien assisté !

---

338 Qui m'en faire accroire et me jouer un autre tour.
339 Une histoire inventée, substituée à la vérité.
340 Vaugelas remarque que la cour dit *filleule* et la ville *fillole*.
341 *Affronter*, c'est tromper.

1575 Donnons-en à ce fourbe et du long et du
                                    [large³⁴², [H ij] [88]
      Et de tout crime après mon esprit te décharge.

MASCARILLE

Oui-da, très volontiers, je l'épousterai³⁴³ bien ;
Et par là vous verrez que je n'y trempe en rien.
Ah³⁴⁴ ! vous serez rossé, Monsieur de l'Arménie,
1580 Qui toujours gâtez tout.

Scène 6
LÉLIE, TRUFALDIN, MASCARILLE

TRUFALDIN

                        Un mot, je vous supplie.
Donc, Monsieur l'imposteur, vous osez aujourd'hui
Duper un honnête homme, et vous jouer de lui ?

MASCARILLE

Feindre avoir vu son fils en une autre contrée,
Pour vous donner chez lui plus aisément entrée ?

TRUFALDIN

1585 Vuidons, vuidons³⁴⁵ sur l'heure !

LÉLIE

                        Ah ! coquin !

---

342 Quand quelqu'un a été fort malmené et maltraité, on dit « qu'il en a eu
    tout du long et tout du large » (Acad.).
343 Pour épousseterai, contracté dans la prononciation.
344 La fin de la réplique doit être prononcée en *a parte*.
345 Partons, quittons la place.

MASCARILLE   [89]
                              C'est ainsi
Que les fourbes...

LÉLIE
Bourreau!

MASCARILLE
                    ... sont ajustés ici.
Garde-moi bien cela!

LÉLIE
                    Quoi donc? je serais homme...

MASCARILLE
Tirez, tirez[346], vous dis-je, ou bien je vous assomme.

TRUFALDIN
Voilà qui me plaît fort; rentre, je suis content[347].

LÉLIE
1590 À moi! Par un valet cet affront éclatant!
      L'aurait-on pu prévoir, l'action de ce traître,
      Qui vient insolemment de maltraiter son maître?

MASCARILLE
Peut-on vous demander comme va votre dos?

LÉLIE
Quoi? tu m'oses encor tenir un tel propos?

---

346 Filez, filez (c'est ce qu'on crie aux chiens).
347 Quand Trufaldin et Mascarille ont fini de rosser alternativement Lélie,
    Trufaldin rentre dans sa maison, suivi de Mascarille, qui va donc s'adresser
    à son maître depuis la fenêtre de cette maison.

MASCARILLE

1595   Voilà, voilà que c'est[348] de ne voir pas Jeannette,
Et d'avoir en tout temps une langue indiscrète.
Mais pour cette fois-ci, je n'ai point de courroux,
Je cesse d'éclater, de pester contre vous ;
Quoique de l'action l'imprudence soit haute,
1600   Ma main sur votre échine a lavé votre faute.

LÉLIE   [H iij] [90]

Ah ! je me vengerai de ce trait déloyal.

MASCARILLE

Vous vous êtes causé vous-même tout le mal.

LÉLIE

Moi ?

MASCARILLE

Si vous n'étiez pas une cervelle folle,
Quand vous avez parlé naguère[349] à votre idole,
1605   Vous auriez aperçu Jeannette sur vos pas,
Dont l'oreille subtile a découvert le cas.

LÉLIE

On aurait pu surprendre un mot dit à Célie ?

MASCARILLE

Et d'où doncques viendrait cette prompte sortie ?
Oui, vous n'êtes dehors que par votre caquet.
1610   Je ne sais si souvent vous jouez au piquet ;

---

348 *Que c'est* : ce que c'est.
349 Il n'y a guère, il y a peu de temps.

Mais, au moins, faites-vous des écarts[350] admirables.

LÉLIE
Oh ! le plus malheureux de tous les misérables !
Mais encore, pourquoi me voir chassé par toi ?

MASCARILLE
Je ne fis jamais mieux que d'en prendre l'emploi ;
1615 Par là j'empêche au moins que de cet artifice
Je ne sois soupçonné d'être auteur, ou complice.

LÉLIE   [91]
Tu devais[351] donc, pour toi, frapper plus doucement.

MASCARILLE
Quelque sot[352] ! Trufaldin lorgnait exactement.
Et puis je vous dirai, sous ce prétexte utile,
1620 Je n'étais point fâché d'évaporer ma bile.
Enfin la chose est faite, et si j'ai votre foi
Qu'on ne vous verra point vouloir venger sur moi,
Soit ou directement, ou par quelque autre voie,
Les coups sur votre râble assenés avec joie,
1625 Je vous promets, aidé par le poste où je suis,
De contenter vos vœux avant qu'il soit deux nuits.

LÉLIE
Quoique ton traitement ait eu trop de rudesse,
Qu'est-ce que dessus moi ne peut cette promesse ?

---

350 Au jeu du piquet un *écart* est l'action de se débarrasser d'une carte ; Lélie
     a fait un écart d'esprit en parlant étourdiment – ce qui l'a fait chasser
     d'auprès de sa belle.
351 Tu aurais dû.
352 Un sot aurait frappé plus doucement.

MASCARILLE

Vous le promettez donc ?

LÉLIE

Oui, je te le promets.

MASCARILLE

1630   Ce n'est pas encor tout, promettez que jamais
Vous ne vous mêlerez dans quoi que j'entreprenne.

LÉLIE

Soit.

MASCARILLE

Si vous y manquez, votre fièvre quartaine[353].

LÉLIE   [H iij] [92]

Mais tiens-moi donc parole, et songe à mon repos !

MASCARILLE

Allez quitter l'habit, et graisser votre dos !

LÉLIE

1635   Faut-il que le malheur qui me suit à la trace
Me fasse voir toujours disgrâce sur disgrâce ?

MASCARILLE[354]

Quoi ? vous n'êtes pas loin ? Sortez vite d'ici !
Mais, surtout, gardez-vous de prendre aucun souci :

---

353 *Votre fièvre quartaine* : imprécation qui signifie « Que la fièvre quartaine
ou quarte vous tienne (la *fièvre quarte* vient de quatre jours en quatre
jours) ».
354 Mascarille quitte la fenêtre et sort de chez Trufaldin pour rejoindre
Lélie, dont il s'était prudemment écarté et qu'il pousse à partir…

Puisque je fais[355] pour vous, que cela vous suffise !
1640 N'aidez point mon projet de la moindre entreprise…
Demeurez en repos !

LÉLIE[356]
Oui, va, je m'y tiendrai.

MASCARILLE
Il faut voir maintenant quel biais je prendrai.

Scène 7[357]   [93]
ERGASTE, MASCARILLE

ERGASTE
Mascarille, je viens te dire une nouvelle,
Qui donne à tes desseins une atteinte cruelle :
1645 À l'heure que je parle, un jeune Égyptien[358],
Qui n'est pas noir pourtant, et sent assez son bien[359],
Arrive accompagné d'une vieille fort hâve,
Et vient chez Trufaldin racheter cette esclave
Que vous vouliez. Pour elle, il paraît fort zélé[360].

MASCARILLE
1650 Sans doute, c'est l'amant dont Célie a parlé.
Fut-il jamais destin plus brouillé que le nôtre ?
Sortant d'un embarras, nous entrons dans un autre.
En vain nous apprenons que Léandre est au point

---

355 Puisque j'agis.
356 Lélie s'en va donc et laisse seul Mascarille.
357 *Cf. L'Inavvertito*, V, 3.
358 Diérèse.
359 *Qui sent assez son bien* : qui doit être riche.
360 *Zélé pour* : épris de, passionné pour.

De quitter la partie, et ne nous troubler point ;
1655   Que son père, arrivé contre toute espérance,
Du côté d'Hippolyte emporte la balance ;
Qu'il a tout fait changer par son autorité,
Et va dès aujourd'hui conclure le traité[361].
Lorsqu'un rival s'éloigne, un autre plus funeste
1660   S'en vient nous enlever tout l'espoir qui nous reste.
Toutefois, par un trait merveilleux de mon art,
Je crois que je pourrai retarder leur départ,
Et me donner le temps qui sera nécessaire,
Pour tâcher de finir cette fameuse affaire.
1665   Il s'est fait un grand vol ; par qui, l'on n'en sait
                             [rien ; [94]
Eux autres rarement passent pour gens de bien.
Je veux adroitement, sur un soupçon frivole,
Faire pour quelques jours emprisonner ce drôle ;
Je sais des officiers de justice altérés[362],
1670   Qui sont pour de tels coups de vrais délibérés[363] :
Dessus l'avide espoir de quelque paraguante[364],
Il n'est rien que leur art aveuglément ne tente,
Et du plus innocent, toujours à leur profit
La bourse est criminelle, et paye son délit[365].

Fin du quatrième Acte.

----

361 Le *traité* est ici le contrat de mariage.
362 « On dit d'un homme âpre au gain que c'est un *altéré* » (FUR.). Mais
    ces « officiers de justice » – les sergents et autres auxiliaires de justice –
    aiment certainement aussi le pot !
363 *Délibéré* : hardi, résolu.
364 *Paraguante* : pourboire (de l'espagnol *para guantes*, « pour acheter des
    gants »).
365 Tous les commentateurs signalent que cette plaisanterie à l'égard des
    sergents avait déjà été faite dans Pierre Corneille, *La Suite du Menteur*,
    I, 1, vers 125-128.

ACTE V   [95]

Scène PREMIÈRE[366]
MASCARILLE, ERGASTE

MASCARILLE
1675 Ah, chien! Ah, double chien! mâtine de[367] cervelle,
Ta persécution sera-t-elle éternelle ?

ERGASTE
Par les soins vigilants de l'exempt balafré[368],
Ton affaire allait bien, le drôle était coffré,
Si ton maître au moment ne fût venu lui-même,
1680 En vrai désespéré, rompre ton stratagème.
« Je ne saurais souffrir – a-t-il dit hautement –
Qu'un honnête homme soit traîné honteusement ;
J'en réponds sur sa mine, et je le cautionne. »
Et comme on résistait à lâcher sa personne,
1685 D'abord il a chargé si bien sur les recors[369],
Qui sont gens d'ordinaire à craindre pour leurs corps,
Qu'à l'heure que je parle ils sont encore en fuite, [96]
Et pensent tous avoir un Lélie à leur suite.

MASCARILLE
Le traître ne sait pas que cet Égyptien
1690 Est déjà là-dedans pour lui ravir son bien

---

366 Cf. *L'Inavvertito*, V, 7 et 8.
367 Un *mâtin* est un gros chien. Le mot sert d'injure populaire ; Mascarille
    s'emporte ainsi contre la dernière initiative malheureuse de son maître.
368 Les éditions anciennes portent la minuscule ; on pourrait penser aussi à
    un nom propre plaisant, *Balafré* étant bien adapté à ce métier de l'exempt,
    qui est chargé des arrestations et risque des coups !
369 Le *recors* aide et assiste le sergent.

ERGASTE

Adieu! Certaine affaire à te quitter m'oblige.

MASCARILLE[370]

Oui, je suis stupéfait de ce dernier prodige.
On dirait, et pour moi j'en suis persuadé,
Que ce démon brouillon, dont il est possédé,
1695   Se plaise à me braver, et me l'aille conduire
Partout où sa présence est capable de nuire.
Pourtant, je veux poursuivre, et malgré tous ces coups,
Voir qui l'emportera de ce diable, ou de nous.
Célie est quelque peu de notre intelligence,
1700   Et ne voit son départ qu'avecque répugnance ;
Je tâche à profiter de cette occasion.
Mais ils viennent. Songeons à l'exécution.
Cette maison meublée est en ma bienséance[371],
Je puis en disposer avec grande licence[372] ;
1705   Si le sort nous en dit, tout sera bien réglé ;
Nul que moi ne s'y tient, et j'en garde la clé.
Ô Dieu! qu'en peu de temps on a vu d'aventures !
Et qu'un fourbe est contraint de pendre de figures !

Scène 2   [97]
CÉLIE, ANDRÈS

ANDRÈS

Vous le savez, Célie, il n'est rien que mon cœur
1710   N'ait fait, pour vous prouver l'excès de son ardeur.

---

370 Seul. Pour ce monologue et la scène suivante, *cf. L'Inavvertito*, IV, 12
    et 13.
371 Est à ma disposition.
372 Avec une grande liberté.

Chez les Vénitiens, dès un assez jeune âge,
La guerre en quelque estime avait mis mon courage,
Et j'y pouvais un jour, sans trop croire de moi[373],
Prétendre, en les servant, un honorable emploi,
1715   Lorsqu'on me vit pour vous oublier toute chose,
Et que le prompt effet d'une métamorphose,
Qui suivit de mon cœur le soudain changement,
Parmi vos compagnons sut ranger votre amant[374],
Sans que mille accidents, ni votre indifférence
1720   Aient pu me détacher de ma persévérance.
Depuis, par un hasard d'avec vous séparé,
Pour beaucoup plus de temps que je n'eusse auguré,
Je n'ai pour vous rejoindre épargné temps ni peine.
Enfin, ayant trouvé la vieille Égyptienne,
1725   Et plein d'impatience, apprenant votre sort,
Que[375] pour certain argent qui leur importait fort,
Et qui de tous vos gens détourna le naufrage,
Vous aviez en ces lieux été mise en otage[376],
J'accours vite y briser ces chaînes d'intérêt,
1730   Et recevoir de vous les ordres qu'il vous plaît[377].
Cependant on vous voit une morne tristesse,   [I] [98]
Alors que dans vos yeux doit briller l'allégresse.
Si pour vous la retraite avait quelques appâts,
Venise, du butin fait parmi les combats,
1735   Me garde pour tous deux de quoi pouvoir y vivre.
Que si, comme devant[378], il vous faut encor suivre,

---

373 Sans trop de présomption.
374 Comme le personnage de Cervantès, Andrès s'est fait égyptien, bohémien
     pour suivre Célie.
375 À savoir que.
376 Pour éviter la ruine, la troupe des Égyptiens qui avaient volé Célie l'a
     mise en gage chez Trufaldin, obtenant ainsi de l'argent.
377 Qu'il vous plaira de me donner.
378 Mais si (le *que* sert seulement à lier la proposition), comme auparavant.

J'y consens, et mon cœur n'ambitionnera
Que d'être auprès de vous tout ce qu'il vous plaira.

CÉLIE

Votre zèle pour moi visiblement éclate ;
1740 Pour en paraître triste, il faudrait être ingrate ;
Et mon visage aussi par son émotion
N'explique point mon cœur en cette occasion.
Une douleur de tête y peint sa violence,
Et si j'avais sur vous quelque peu de puissance,
1745 Notre voyage, au moins, pour trois ou quatre jours,
Attendrait que ce mal eût pris un autre cours.

ANDRÈS

Autant que vous voudrez, faites qu'il se diffère,
Toutes mes volontés ne butent[379] qu'à vous plaire.
Cherchons une maison à vous mettre en repos.
1750 L'écriteau que voici s'offre tout à propos.

Scène 3[380]   [99]
MASCARILLE[381], CÉLIE, ANDRÈS

ANDRÈS

Seigneur Suisse, êtes-vous de ce logis le maître ?

---

379 *Buter à* : viser à.
380 *Cf. L'Inavvertito*, IV, 14.
381 Mascarille est déguisé en Suisse. Et il va jargonner en suisse/allemand
   selon les habitudes du théâtre comique faisant déformer le français aux
   étrangers ; le baragouin suisse a ses codes, vite repérables, quelque peu
   artificiels et singulièrement figés au théâtre (*f* pour *v*, *d* pour *g/j*, *p* pour
   b, *t* pour *d*, *sti* pour *cette*, etc. ; et la syntaxe fantaisiste) que la graphie
   suit comme elle peut !

MASCARILLE

Moi, pour serfir à fous.

ANDRÈS

Pourrons-nous y bien être ?

MASCARILLE

Oui, moi pour d'estrancher chappon[382] champre
[garni ;
Mais ché non point locher te gent te méchant vi[383].

ANDRÈS

1755 Je crois votre maison franche de tout ombrage[384].

MASCARILLE

Fous nouviau dant sti fil[385], moi foir à la fissage[386].

ANDRÈS

Oui.

MASCARILLE

La Matame est-il mariage al Montsieur ?

ANDRÈS

Quoi ?

MASCARILLE

S'il être son fame, ou s'il être son sœur ?

---

382 Pour des étrangers j'avons.
383 Loger des gens de méchante vie.
384 Libre de tout soupçon.
385 Dans cette ville.
386 Voir au visage.

ANDRÈS

Non.

MASCARILLE   [I ij] [100]
Mon foi, pien choli[387]. Finir pour marchandisse,
1760 Ou pien pour temanter à la Palais choustice[388] ?
La procès, il fault[389] rien, il couster tant tarchant[390] :
La procurair larron, la focat[391] pien méchant.

ANDRÈS

Ce n'est pas pour cela.

MASCARILLE
Fous tonc mener sti file[392]
Pour fenir pourmener, et recarter la file ?

ANDRÈS

1765 Il n'importe. Je suis à vous[393] dans un moment.
Je vais faire venir la vieille promptement,
Contremander[394] aussi notre voiture prête.

MASCARILLE

Li ne porte pas pien[395] ?

ANDRÈS
Elle a mal à la tête.

---

387 Bien jolie.
388 Traduction : « Vous venez pour faire du commerce (*marchandise*), ou bien
     pour demander justice au Palais de justice ? »
389 Vaut.
390 Il coûte tant d'argent.
391 L'avocat.
392 Vous menez donc cette fille.
393 Il s'adresse alors à Célie.
394 Décommander.
395 Elle ne se porte pas bien ?

MASCARILLE

Moi, chavoir de pon fin[396], et de fromage pon.

1770   Entre fous[397], entre fous dans mon petit maisson[398] !

Scène 4[399]   [101]
LÉLIE, ANDRÈS

LÉLIE

Quel que soit le transport d'une âme impatiente,
Ma parole m'engage à rester en attente,
À laisser faire un autre, et voir sans rien oser,
Comme de mes destins le Ciel veut disposer[400].
1775   Demandiez-vous quelqu'un dedans cette demeure ?

ANDRÈS

C'est un logis garni que j'ai pris tout à l'heure[401].

LÉLIE

À mon père pourtant la maison appartient,
Et mon valet la nuit pour la garder s'y tient.

ANDRÈS

Je ne sais. L'écriteau marque au moins qu'on la loue.
1780   Lisez !

LÉLIE

Certes, ceci me surprend, je l'avoue.

---

396 Avoir du bon vin.
397 Entrez.
398 Tous trois entrent dans la maison.
399 *Cf. L'Inavvertito*, IV, 15.
400 Lélie était seul en scène. Andrès sort alors de la maison.
401 Il y a un instant.

Qui diantre l'aurait mis ? et par quel intérêt ?...
Ah ! ma foi, je devine à peu près ce que c'est :
Cela ne peut venir que de ce que j'augure.

ANDRÈS

Peut-on vous demander quelle est cette aventure ?

LÉLIE   [I iij] [102]

1785   Je voudrais à tout autre en faire un grand secret ;
Mais pour vous il n'importe, et vous serez discret.
Sans doute[402], l'écriteau que vous voyez paraître,
Comme je conjecture, au moins ne saurait être
Que quelque invention du valet que je dis,
1790   Que quelque nœud subtil qu'il doit avoir ourdi,
Pour mettre en mon pouvoir certaine Égyptienne,
Dont j'ai l'âme piquée[403], et qu'il faut que j'obtienne.
Je l'ai déjà manquée, et même plusieurs coups.

ANDRÈS

Vous l'appelez ?

LÉLIE

Célie.

ANDRÈS

Hé ! que ne disiez-vous !

1795   Vous n'aviez qu'à parler ; je vous aurais sans doute
Épargné tous les soins que ce projet vous coûte.

LÉLIE

Quoi ? Vous la connaissez ?

_____

402 Assurément.
403 Dont je suis épris.

ANDRÈS

C'est moi, qui maintenant
Vient de la racheter.

LÉLIE

Oh ! discours surprenant !

ANDRÈS

Sa santé de partir ne nous pouvant permettre,
1800 Au logis que voilà je venais de la mettre ;
Et je suis très ravi dans cette occasion,
Que vous m'ayez instruit de votre intention.

LÉLIE

Quoi ? j'obtiendrais de vous le bonheur que j'espère ?
Vous pourriez ?...

ANDRÈS[404]   [103]
Tout à l'heure on va vous satisfaire.

LÉLIE

1805 Que pourrais-je vous dire ? et quel remerciement ?...

ANDRÈS

Non, ne m'en faites point, je n'en veux nullement.

---

404 1682 a cette didascalie : « *Andrès heurte à la porte* ».

Scène 5
MASCARILLE, LÉLIE, ANDRÈS

MASCARILLE[405]
Eh bien ! ne voilà pas mon enragé de maître !
Il nous va faire encor quelque nouveau bissêtre[406].

LÉLIE
Sous ce crotesque[407] habit, qui l'aurait reconnu ?
1810   Approche, Mascarille, et sois le bienvenu.

MASCARILLE
Moi souis ein chant honneur[408], moi non point
                                    [Maquerille ;
Chai point fendre chamais le fame ni le fille[409].

LÉLIE
Le plaisant baragouin ! il est bon, sur ma foi.

MASCARILLE
Alle fous pourmener, sans toi rire te moi.

LÉLIE   [I iij] [104]
1815   Va, va, lève le masque, et reconnais ton maître !

---

405 En aparté.
406 Ou *bicêtre*. « *Bissêtre* : accident causé par l'impudence de quelqu'un ; si
   vous laissez entrer cet étourdi, il fera quelque bissêtre en la maison.
   Ce terme est populaire et est venu par corruption de *bissexte*, parce que
   les superstitieux ont cru que c'était une année malheureuse [l'année
   bissextile considérée comme néfaste] » (FUR.).
407 Autre forme de *grotesque*.
408 Suis un gent d'honneur.
409 « Je n'ai jamais vendu de femme ni de fille », comme un entremet-
   teur, un maquereau. Georges Couton dans son édition de Molière (t. I,
   p. 1202), fait justement remarquer le jeu sur Maquerille – déformation
   de *Mascarille* et proche de *maquereau*.

MASCARILLE

Partieu, tiaple, mon foi ! jamais toi chai connaître.

LÉLIE

Tout est accommodé, ne te déguise point !

MASCARILLE

Si toi point en aller, chai paille ein cou te point[410].

LÉLIE

Ton jargon allemand est superflu, te dis-je ;
1820 Car nous sommes d'accord, et sa bonté m'oblige :
J'ai tout ce que mes vœux lui pouvaient demander,
Et tu n'as pas sujet de rien appréhender.

MASCARILLE

Si vous êtes d'accord par un bonheur extrême,
Je me dessuisse donc, et redeviens moi-même.

ANDRÈS

1825 Ce valet vous servait avec beaucoup de feu.
Mais je reviens à vous, demeurez quelque peu[411].

LÉLIE

Eh bien ! que diras-tu ?

MASCARILLE

Que j'ai l'âme ravie
De voir d'un beau succès notre peine suivie.

---

410 Je baille un coup de poing.
411 Andrès sort, pour revenir un peu plus tard avec Célie. Pour la suite et
les scènes suivantes, *cf. L'Inavvertito*, IV, 16.

LÉLIE

Tu feignais à[412] sortir de ton déguisement,
1830   Et ne pouvais me croire en cet événement ?

MASCARILLE

Comme je vous connais, j'étais dans l'épouvante,
Et trouve l'aventure aussi fort surprenante.

LÉLIE   [105]

Mais confesse qu'enfin c'est avoir fait beaucoup ;
Au moins, j'ai réparé mes fautes à ce coup,
1835   Et j'aurai cet honneur d'avoir fini l'ouvrage.

MASCARILLE

Soit, vous aurez été bien plus heureux que sage.

Scène 6
CÉLIE, MASCARILLE, LÉLIE, ANDRÈS

ANDRÈS

N'est-ce pas l'objet[413] dont vous m'avez parlé ?

LÉLIE

Ah ! quel bonheur au mien pourrait être égalé ?

ANDRÈS

Il est vrai, d'un bienfait je vous suis redevable ;
1840   Si je ne l'avouais, je serais condamnable.
Mais enfin, ce bienfait aurait trop de rigueur,
S'il fallait le payer aux dépens de mon cœur.
Jugez donc le transport où sa beauté me jette,

---

412 *Feindre à* : hésiter à.
413 Il montre Célie.

Si je dois à ce prix vous acquitter ma dette.
1845 Vous êtes généreux, vous ne le voudriez[414] pas.
Adieu pour quelques jours. Retournons sur nos pas[415].

MASCARILLE   [106]

Je ris, et toutefois je n'en ai guère envie.
Vous voilà bien d'accord, il vous donne Célie.
Et... Vous m'entendez bien.

LÉLIE

                         C'est trop, je ne veux plus
1850 Te demander pour moi de secours superflus ;
Je suis un chien, un traître, un bourreau détestable !
Indigne d'aucun soin, de rien faire incapable.
Va, cesse tes efforts pour un malencontreux[416],
Qui ne saurait souffrir que l'on le rende heureux !
1855 Après tant de malheurs, après mon imprudence,
Le trépas me doit seul prêter son assistance[417].

MASCARILLE

Voilà le vrai moyen d'achever son destin ;
Il ne lui manque plus que de mourir, enfin,
Pour le couronnement de toutes ses sottises.
1860 Mais en vain son dépit pour ses fautes commises
Lui fait licencier[418] mes soins et mon appui ;
Je veux, quoi qu'il en soit, le servir malgré lui,
Et dessus son lutin obtenir la victoire :
Plus l'obstacle est puissant, plus on reçoit de gloire,

---

414 Deux syllabes.
415 Andrès sort et emmène Célie.
416 Un *malencontreux* apporte le malheur (la *malencontre*).
417 Lélie quitte alors la scène.
418 Rejeter.

1865   Et les difficultés dont on est combattu
        Sont les dames d'atour qui parent la vertu.

                        Scène 7   [107]
                    MASCARILLE, CÉLIE

                        CÉLIE
        Quoi que tu veuilles dire et que l'on se propose,
        De ce retardement j'attends fort peu de chose.
        Ce qu'on voit de succès[419] peut bien persuader
1870   Qu'ils ne sont pas encor fort près de s'accorder ;
        Et je t'ai déjà dit qu'un cœur comme le nôtre
        Ne voudrait pas pour l'un faire injustice à l'autre ;
        Et que très fortement, par de différents nœuds,
        Je me trouve attachée au parti de tous deux.
1875   Si Lélie a pour lui l'amour et sa puissance,
        Andrès pour son partage a la reconnaissance,
        Qui ne souffrira point que mes pensers secrets
        Consultent[420] jamais rien contre ses intérêts.
        Oui, s'il ne peut avoir plus de place en mon âme,
1880   Si le don de mon cœur ne couronne sa flamme,
        Au moins dois-je ce prix à ce qu'il fait pour moi,
        De n'en choisir point d'autre au mépris de sa foi,
        Et de faire à mes vœux autant de violence
        Que j'en fais aux désirs qu'il met en évidence.
1885   Sur ces difficultés qu'oppose mon devoir,
        Juge ce que tu peux te permettre d'espoir.

                        MASCARILLE
        Ce sont, à dire vrai, de très fâcheux obstacles,

---

419 Résultat.
420 Décident.

Et je ne sais point l'art de faire des miracles ;
Mais je vais employer mes efforts plus puissants[421], [108]
1890 Remuer terre et ciel, m'y prendre de tout sens
Pour tâcher de trouver un biais salutaire,
Et vous dirai bientôt ce qui se pourra faire.

Scène 8
CÉLIE, HIPPOLYTE

HIPPOLYTE

Depuis votre séjour, les dames de ces lieux
Se plaignent justement des larcins de vos yeux[422],
1895 Si vous leur dérobez leurs conquêtes plus belles[423],
Et de tous leurs amants faites des infidèles.
Il n'est guère de cœurs qui puissent échapper
Aux traits, dont à l'abord vous savez les frapper ;
Et mille libertés à vos chaînes offertes,
1900 Semblent vous enrichir chaque jour de nos pertes.
Quant à moi, toutefois je ne me plaindrais pas
Du pouvoir absolu de vos rares appas,
Si lorsque mes amants sont devenus les vôtres,
Un seul m'eût consolé[424] de la perte des autres ;
1905 Mais qu'inhumainement vous me les ôtiez tous,
C'est un dur procédé, dont je me plains à vous.

CÉLIE

Voilà d'un air galant faire une raillerie ;
Mais épargnez un peu celle qui vous en prie.

---

421 Mes efforts les plus puissants (superlatif sans article).
422 Les yeux de Célie volent les cœurs des amants aux autres dames.
423 Les plus belles. Voir ci-dessus la note 421.
424 On peut encore ne pas faire l'accord du participe passé, plus tard devenu
    obligatoire.

Vos yeux, vos propres yeux, se connaissent trop
[bien, [109]
1910 Pour pouvoir de ma part redouter jamais rien ;
Ils sont fort assurés du pouvoir de leurs charmes,
Et ne prendront jamais de pareilles alarmes.

HIPPOLYTE

Pourtant, en ce discours je n'ai rien avancé,
Qui dans tous les esprits ne soit déjà passé ;
1915 Et, sans parler du reste, on sait bien que Célie
A causé des désirs à Léandre et Lélie.

CÉLIE

Je crois, qu'étant tombés dans cet aveuglement,
Vous vous consoleriez de leur perte aisément,
Et trouveriez pour vous l'amant peu souhaitable,
1920 Qui d'un si mauvais choix se trouverait capable.

HIPPOLYTE

Au contraire, j'agis d'un air[425] tout différent,
Et trouve en vos beautés un mérite si grand,
J'y vois tant de raisons capables de défendre
L'inconstance de ceux qui s'en laissent surprendre,
1925 Que je ne puis blâmer la nouveauté des feux
Dont envers moi Léandre a parjuré ses vœux ;
Et le vais voir tantôt, sans haine et sans colère,
Ramené sous mes lois par le pouvoir d'un père[426].

---

425 *Air* : façon, manière d'agir.
426 Ce joli (et un peu aigre) dialogue entre les deux filles rivales permet
aussi de comprendre qu'Hippolyte acceptera le retour à elle de Léandre.

Scène 9   [K] [110]
MASCARILLE, CÉLIE, HIPPOLYTE

MASCARILLE

Grande, grande nouvelle, et succès[427] surprenant
1930 Que ma bouche vous vient annoncer maintenant !

CÉLIE

Qu'est-ce donc ?

MASCARILLE
Écoutez ! voici, sans flatterie…

CÉLIE

Quoi ?

MASCARILLE
La fin d'une vraie et pure comédie.
La vieille Égyptienne à l'heure même…

CÉLIE
Eh bien ?

MASCARILLE

Passait dedans la place, et ne songeait à rien,
1935 Alors qu'une autre vieille assez défigurée,
L'ayant de près, au nez, longtemps considérée,
Par un bruit enroué de mots injurieux,
A donné le signal d'un combat furieux[428],
Qui pour armes, pourtant, mousquets, dagues ou
[flèches, [111]

---

427 Issue.
428 Deux diérèses à la rime.

1940   Ne faisait voir en l'air que quatre griffes sèches,
        Dont ces deux combattants s'efforçaient d'arracher
        Ce peu que sur leurs os les ans laissent de chair.
        On n'entend que ces mots : *chienne, louve, bagace*[429].
        D'abord leurs scoffions[430] ont volé par la place,
1945   Et laissant voir à nu deux têtes sans cheveux,
        Ont rendu le combat risiblement affreux.
        Andrès et Trufaldin, à l'éclat du murmure[431],
        Ainsi que force monde, accourus d'aventure,
        Ont, à les décharpir[432], eu de la peine assez,
1950   Tant leurs esprits étaient par la fureur poussés.
        Cependant que chacune, après cette tempête,
        Songe à cacher aux yeux la honte de sa tête,
        Et que l'on veut savoir qui causait cette humeur,
        Celle qui la première avait fait la rumeur[433],
1955   Malgré la passion dont elle était émue,
        Ayant sur Trufaldin tenu longtemps la vue :
        « C'est vous, si quelque erreur n'abuse ici mes yeux,
        Qu'on m'a dit qui viviez inconnu en ces lieux »,
        A-t-elle dit tout haut. « Oh ! rencontre opportune !
1960   Oui, Seigneur Zanobio Ruberti, la fortune
        Me fait vous reconnaître, et dans le même instant
        Que pour votre intérêt je me tourmentais tant.

---

429 Les trois mots désignent une paillarde, une putain. FUR. explique que
    bagasse ou *bagace* dérive de *bague* (allemand *bag*, « putain ») ; mais *bagasse*
    est un emprunt au provençal *baguassa*, à rapprocher de l'espagnol *bagasa*
    et de l'italien *bagascia*.
430 Ou *escoffions*. FUR. définit ainsi *escoffion* : « terme populaire qui se dit
    de la coiffure des femmes du peuple, ou des paysannes, des femmes
    coiffées malproprement. Les harengères qui se querellent s'arrachent
    leurs escoffions ».
431 Du brouhaha, du tumulte.
432 *Décharpir* : séparer des gens qui se battent (mot vieilli). *Charpir*, c'est
    mettre en loques.
433 *Rumeur* : bruit confus de la querelle.

Lorsque Naples vous vit quitter votre famille,
J'avais, vous le savez, en mes mains votre fille,
1965 Dont j'élevais l'enfance, et qui par mille traits
Faisait voir dès quatre ans sa grâce et ses attraits.
Celle que vous voyez, cette infâme sorcière,
Dedans notre maison se rendant familière,
Me vola ce trésor. Hélas ! de ce malheur
1970 Votre femme, je crois, conçut tant de douleur,
Que cela servit fort pour avancer sa vie[434]. [K ij] [112]
Si bien qu'entre mes mains cette fille ravie[435],
Me faisant redouter un reproche fâcheux,
Je vous fis annoncer la mort de toutes deux.
1975 Mais il faut maintenant puisque je l'ai connue[436],
Qu'elle fasse savoir ce qu'elle est devenue. »
Au nom de Zanobio Ruberti, que sa voix
Pendant tout ce récit répétait plusieurs fois,
Andrès, ayant changé quelque temps de visage,
1980 À Trufaldin surpris a tenu ce langage :
« Quoi donc ! le Ciel me fait trouver heureusement
Celui que jusqu'ici j'ai cherché vainement !
Et que j'avais pu voir, sans pourtant reconnaître
La source de mon sang, et l'auteur de mon être !
1985 Oui, mon père, je suis Horace votre fils.
D'Albert qui me gardait les jours étant finis,
Me sentant naître au cœur d'autres inquiétudes,
Je sortis de Bologne, et quittant mes études,
Portai durant six ans mes pas en divers lieux,
1990 Selon que me poussait un désir curieux.
Pourtant, après ce temps, une secrète envie

---

434 Pour avancer le terme de sa vie, sa mort en fait.
435 Comprendre : le rapt de cette fille me faisant redouter (latinisme).
436 Reconnue.

Me pressa de revoir les miens, et ma patrie.
Mais dans Naples, hélas ! je ne vous trouvai plus,
Et n'y sus votre sort que par des bruits confus.
1995 Si bien qu'à votre quête[437] ayant perdu mes peines,
Venise pour un temps borna mes courses vaines ;
Et j'ai vécu depuis, sans que de ma maison,
J'eusse d'autres clartés que d'en savoir le nom. »
Je vous laisse à juger si pendant ces affaires
2000 Trufaldin ressentait des transports ordinaires.
Enfin, pour retrancher ce que plus à loisir
Vous aurez le moyen de vous faire éclaircir,
Par la confession[438] de votre Égyptienne,
Trufaldin maintenant vous reconnaît pour sienne.
2005 Andrès est votre frère, et comme de sa sœur   [113]
Il ne peut plus songer à se voir possesseur,
Une obligation[439] qu'il prétend reconnaître
A fait qu'il vous obtient pour épouse à mon maître,
Dont le père, témoin de tout l'événement,
2010 Donne à cette hyménée un plein consentement ;
Et pour mettre une joie entière en sa famille,
Pour le nouvel Horace a proposé sa fille.
Voyez que d'incidents à la fois enfantés.

CÉLIE

Je demeure immobile à tant de nouveautés.

---

437 À votre recherche.
438 Diérèse.
439 Nouvelle diérèse.

MASCARILLE

2015 Tous viennent sur mes pas, hors les deux
                              [championnes[440],
Qui du combat encor remettent leurs personnes ;
Léandre est de la troupe, et votre père aussi.
Moi, je vais avertir mon maître de ceci ;
Et que lorsqu'à ses vœux on croit le plus d'obstacle,
2020 Le Ciel en sa faveur produit comme un miracle[441].

HIPPOLYTE

Un tel ravissement rend mes esprits confus,
Que pour mon propre sort je n'en aurais pas plus.
Mais les voici venir.

Scène 10   [K iij] [114]

TRUFALDIN, ANSELME, PANDOLFE,
ANDRÈS, CÉLIE, HIPPOLYTE, LÉANDRE

TRUFALDIN

Ah ! ma fille.

CÉLIE

Ah ! mon père.

TRUFALDIN

Sais-tu déjà comment le Ciel nous est prospère[442] ?

_____

440 Les deux héroïnes (*championnes* est héroï-comique en l'occurrence) de la
    bagarre de chiffonnières dont Mascarille nous a fait le joli récit burlesque
    (morceau d'ailleurs traditionnel dans ce registre).
441 Mascarille sort.
442 Favorable.

CÉLIE

2025   Je viens d'entendre ici ce succès[443] merveilleux.

HIPPOLYTE, *à Léandre*

En vain vous parleriez pour excuser vos feux,
Si j'ai devant les yeux ce que vous pouvez dire[444].

LÉANDRE

Un généreux pardon est ce que je désire ;
Mais j'atteste les Cieux qu'en ce retour soudain
2030   Mon père fait bien moins que mon propre dessein.

ANDRÈS, *à Célie*

Qui l'aurait jamais cru, que cette ardeur si pure
Pût être condamnée un jour par la nature ?
Toutefois, tant d'honneur la sut toujours régir, [115]
Qu'en y changeant fort peu, je puis la retenir.

CÉLIE

2035   Pour moi, je me blâmais, et je croyais faire faute
Quand je n'avais pour vous qu'une estime très haute ;
Je ne pouvais savoir quel obstacle puissant
M'arrêtait sur un pas si doux et si glissant,
Et détournait mon cœur de l'aveu d'une flamme
2040   Que mes sens s'efforçaient d'introduire en mon âme.

TRUFALDIN[445]

Mais en te recouvrant[446] que diras-tu de moi,
Si je songe aussitôt à me priver de toi,

---

443 Issue.
444 Comprendre que la beauté de Célie, qu'Hippolyte a sous les yeux, lui
     permet d'excuser la trahison passagère de Léandre.
445 À Célie.
446 Mais, quand je te retrouve.

Et t'engage à son fils sous les lois d'hyménée ?

CÉLIE

Que de vous maintenant dépend ma destinée.

Scène 11[447]   [K iij] [116]

TRUFALDIN, MASCARILLE, LÉLIE,
ANSELME, PANDOLFE, CÉLIE,
ANDRÈS, HIPPOLYTE, LÉANDRE

MASCARILLE[448]

2045   Voyons si votre diable aura bien le pouvoir
       De détruire à ce coup un si solide espoir ;
       Et si contre l'excès du bien qui vous arrive,
       Vous armerez encor votre imaginative.
       Par un coup imprévu des destins les plus doux,
2050   Vos vœux sont couronnés, et Célie est à vous.

LÉLIE

Croirai-je que du Ciel la puissance absolue ?…

TRUFALDIN

Oui, mon gendre, il est vrai.

PANDOLFE

                    La chose est résolue.

ANDRÈS[449]

Je m'acquitte par là de ce que je vous dois.

---

447 Molière abrège la dernière scène de *L'Inavvertito*.
448 S'adressant à Lélie.
449 S'adressant à Lélie.

LÉLIE, *à Mascarille*

Il faut que je t'embrasse, et mille et mille fois,
2055 Dans cette joie...

MASCARILLE   [117]

        Ahi, ahi! doucement je vous prie :
Il m'a presque étouffé. Je crains fort pour Célie
Si vous la caressez avec tant de transport.
De vos embrassements on se passerait fort.

TRUFALDIN, *à Lélie*

Vous savez le bonheur que le Ciel me renvoie.
2060 Mais puisqu'un même jour nous met tous dans la
                                              [joie,
Ne nous séparons point qu'il ne soit terminé,
Et que son père[450] aussi nous soit vite amené.

MASCARILLE

Vous voilà tous pourvus. N'est-il point quelque fille
Qui pût accommoder le pauvre Mascarille ?
2065 À voir chacun se joindre à sa chacune ici,
J'ai des démangeaisons de mariage aussi.

ANSELME

J'ai ton fait.

MASCARILLE

        Allons donc! et que les Cieux prospères
Nous donnent des enfants dont nous soyons les pères!

Fin du cinquième et dernier Acte.

---

450 Le père de Léandre, dont l'arrivée de Messine a été annoncée en IV, 7,
vers 1655-1658.

EXTRAIT DU PRIVILÈGE DU ROI   [n. p.]

Par grâce et privilège du Roi, donné à Paris, le dernier jour de mai 1660. Signé le Juge : il est permis au sieur Molière de faire imprimer une pièce de théâtre par lui composée, intitulée *L'Étourdi, ou Les Contretemps*, pendant l'espace de cinq années, à commencer du jour que ledit livre sera achevé d'imprimer. Et défenses sont faites à tous autres de l'imprimer, ainsi qu'il est porté plus amplement par ledit privilège.

Et ledit Sieur MOLIÈRE a cédé et transporté son droit de privilège à CLAUDE BARBIN et GABRIEL QUINET, marchands-libraires à Paris, pour en jouir le temps porté par icelui.

Achevé d'imprimer pour la première fois,
le vingt et un novembre 1662.

Registré sur le livre de la Communauté,
le 27 octobre 1662.

Signé DUBRAY, Syndic

Les exemplaires ont été fournis.

INDEX NOMINUM[1]

---

[1] Pour les noms de personnes, les critiques contemporains sont distingués par le bas-de-casse.

INDEX DES PIÈCES DE THÉÂTRE

TABLE DES MATIÈRES

LA JALOUSIE
DU BARBOUILLÉ

LE MÉDECIN VOLANT

L'ÉTOURDI,
OU LES
CONTRETEMPS